U0140994

一看就会

新手学 Photoshop CS4 图像处理

文杰书院 编著

中国铁道出版社
CHINA RAILWAY PUBLISHING HOUSE

内 容 提 要

本书是"一看就会"系列丛书之一,以"基本知识+实践操作"的教学方式,针对 Photoshop 初学者的需求,以通俗易懂的语言、精挑细选的实用技巧、翔实生动的操作案例,全面介绍了 Photoshop CS4 的基本操作、选区的编辑、色彩的调整、绘画与图像的修饰、图层的应用、文字的编辑、路径的应用、通道和蒙版的应用、滤镜的应用等方面的知识与技巧。

本书面向 Photoshop CS4 初中级用户,适合有志于从事平面设计、插画设计、包装设计和网页制作等工作人员的学习使用,还可以作为初中级电脑短训班的培训教材使用。

图书在版编目(CIP)数据

新手学 PhotoShop CS4 图像处理/文杰书院编著. —北京:中国铁道出版社,2009.8

(一看就会系列)

ISBN 978-7-113-10468-9

Ⅰ. 新… Ⅱ. 文… Ⅲ. 图形软件,Photoshop CS4
Ⅳ. TP391.41

中国版本图书馆 CIP 数据核字(2009)第 150156 号

书　　名:**新手学 Photoshop CS4 图像处理**
作　　者:文杰书院　编著

责任编辑:苏　茜　　　　　　　编辑部电话:(010) 63583215
特邀编辑:焦昭君
封面设计:九天科技　　　　　　封面制作:白　雪
责任校对:陈　文
责任印制:李　佳

出版发行:中国铁道出版社(北京市宣武区右安门西街 8 号　　邮政编码:100054)
印　　刷:三河市华丰印刷厂
版　　次:2009 年 11 月第 1 版　　2009 年 11 月第 1 次印刷
开　　本:787mm×1092mm　1/16　**印张:**15.25　**字数:**313 千
印　　数:4 000 册
书　　号:ISBN 978-7-113-10468-9/TP·3538
定　　价:29.00 元(附赠光盘)

电脑作为一种工具，已经被广泛地应用到现代社会的各个领域，正在改变各行各业的生产方式以及人们的生活方式，成为人们日常工作、生活和学习中必不可少的助手。使用电脑成为了人们的一种生存技能，不会熟练地运用电脑将给现代生活带来很大的不便。因此，如何快速地学习和掌握电脑知识与技术，并将所学知识应用于现实生活和实际工作中，已成为目前大多数初学者需要迫切解决的问题。

为适应这种需求，我们组织编写了这套"一看就会"系列，以满足广大电脑初学者快速学习和使用电脑的渴望。本丛书采用深入浅出、循序渐进的写作方式，以图解的形式全面介绍电脑的应用方法与技巧。希望本丛书能给您带来学习的乐趣和成功的喜悦。

读者对象

本丛书主要针对使用电脑的初级读者。不但适合广大电脑初学者从零开始学习电脑知识；还适合有一定基础的读者学习和掌握更多的实用技能；也可以帮助读者轻松实现对电脑知识和技能操作的了解、熟悉、掌握和提高。

图书产品

本丛书涵盖电脑应用各领域，可以作为电脑入门必修教材使用。在充分调研初学者实际需求的基础上，我们精心策划了本丛书。第一批共计出版 10 种，包括以下书目：

➢ 《一看就会·新手电脑入门》(适用于 Windows XP/Office 2007 用户)
➢ 《一看就会·新手网上交易、购物与经营》
➢ 《一看就会·新手学五笔打字与排版》(适用于 Windows XP/Office 2003 用户)
➢ 《一看就会·新手电脑办公》(适用于 Windows XP/Office 2007 用户)
➢ 《一看就会·老年人学电脑》(适用于 Windows XP/Office 2003 用户)
➢ 《一看就会·新手学 Office 2007 办公三合一》
➢ 《一看就会·新手学 Excel 2007 表格处理》
➢ 《一看就会·新手学 Photoshop CS4 图像处理》
➢ 《一看就会·家庭电脑综合应用》(适用于 Windows Vista/Office 2007 用户)
➢ 《一看就会·老年人学上网》

丛书特色

本丛书的编者具有多年电脑操作及教学经验，深谙读者学习的规律和需求；在写作中特别注重学习的方法和效果，从而使本丛书特色更加鲜明。具体特色如下：

1. 简单明了的图解教程

采用了全程图解的讲解方式，易学易懂，能快速提高电脑的应用技能。

2. 从实践开始学习操作

根据初学者的学习习惯，结合日常电脑操作的流程，对于知识点的学习采用实例引导的方式进行讲述。精心安排的一系列应用实例，可使读者可以在一个个典型实例的引导下学习。旨在帮助读者由简到繁、由易到难、循序渐进地完成一系列与实际工作紧密联系的操作。

3. 操作步骤详尽

在编写过程中特别注重初学者学习的特点，在结合图解的基础上，操作步骤详尽。避免出现漏步、跳步现象；避免影响读者正常学习和使用；特别符合初学电脑的特点。

4. 美观大方的排版设计

正文排版简洁、大方、美观。在版式设计过程中，将基础知识和操作案例采用了分栏双列排版方式，同时在操作步骤图中给出了具体的标识。这样不仅节省了版面空间，还丰富了信息量。针对标题、正文、注释、技巧等，设计了醒目的字体，使读者在学习之初就会有清晰的条理，从而有效地提高学习效率。

5. 超值多媒体教学光盘

各分册均免费赠送一张超值多媒体教学光盘，主要包括如下内容：

➢ 提供了与本书正文相关的视频教学内容，读者在看书学习的同时，通过观看视频教学加深对知识的理解。

➢ 每张多媒体教学光盘均免费赠送 1~2 套与本书内容相关的多媒体视频教学课程，从而拓展读者的知识面，提高读者的电脑应用水平。

6. 完善的售后服务

为了有效帮助读者快速掌握电脑操作技能，深刻理解本丛书编写意图与内涵，进一步提高对本书的使用效率，我们建立了完善的售后服务体系，构建读者与编者之间交流的直通车。读者在使用本丛书时如遇到各种问题，或有任何建议，可以登录网站 http://www.itbook.net.cn 或发邮件至 itmingjian@163.com，我们会竭诚为读者作出满意的答复。

最后，衷心感谢您对本丛书的支持，我们将再接再厉，努力为读者奉献更加实用的优秀电脑图书，衷心祝您早日成为电脑使用高手！

编　者

2009 年 7 月

Photoshop CS4 作为 Adobe 公司推出的最新中文版图像处理软件，与以往版本相比，因其无与伦比的编辑与合成功能、更直观的用户体验以及大幅地提高工作效率而备受广大图形图像处理爱好者的青睐。为了帮助初学 Photoshop 的用户了解和掌握 Photoshop 的使用方法，以便在日常的学习和工作中学以致用，我们编写了《新手学 Photoshop CS4 图像处理》。

本书从实用角度出发，在编写过程中根据用户的需求，采用循序渐进、由浅入深的方式讲解，读者还可以通过随书赠送的多媒体视频光盘进行学习。全书结构清晰，内容丰富，主要包括以下 5 个方面的内容：

1. Photoshop CS4 基本操作

本书第 1 章和第 2 章介绍了 Photoshop CS4 工作环境和图像文件的操作方法，包括图像基础知识、文件的基本操作、修改图像像素、修改画布大小、图像的变换与变形，同时还介绍了如何裁剪图像等。

2. 图像选择与修饰

本书第 3 章至第 5 章介绍了使用图像选区、绘制与修饰图像、自动调整色彩和手工调整色彩的方法。

3. 图层、通道和蒙版

本书第 6 章和第 7 章介绍了图层、通道和蒙版的操作和使用方法，包括创建与编辑图层、排列与分布图层、合并图层、使用图层组管理图层和图层样式、创建与编辑通道、通道计算、快速蒙版和图层蒙版的使用。

4. 路径与文字编辑

本书第 8 章和第 9 章介绍了路径与文字编辑的方法，内容包括钢笔及形状工具的使用与编辑、文字的输入与编排等方面的操作知识与技巧。

5. Photoshop 的高级应用

本书第 10 章至第 12 章介绍了滤镜的使用方法，包括滤镜的特点、校正性滤镜、破坏性滤镜和效果性滤镜的使用，同时还讲解了使用动作和任务自动化的方法。第 12 章还介绍了 3 个常见的应用案例，以帮助读者轻松、快速地掌握 Photoshop。

本书由文杰书院组织编写，参与本书编写工作的有李军、罗子超、李强、陆向辉、张辉、张洋、任新、李智颖、蔺丹、高桂华、周军、李统财、安国英、蔺寿江、刘义、贾亚军、蔺影、周莲波、贾亮、闫宗梅、田园、高金环、李博、贾万学、安国华、宋艳辉等。

真切希望读者在阅读本书之后，不但可以开拓视野，同时可以增长实践操作技能，并从中学习和总结操作的经验和规律，达到灵活运用的水平。鉴于编者水平有限，书中纰漏和考虑不周之处在所难免，热忱欢迎读者予以批评、指正，以便我们日后能够编写出更好的图书。

如果在使用本书时遇到问题，可以访问网站 http://www.itbook.net.cn 或发邮件至 itmingjian@163.com 与我们交流和沟通。

编　者
2009 年 8 月

CONTENTS 目 录

Chapter 1　初识 Photoshop CS4
工作环境 1

1.1　Photoshop CS4 的工作界面 2
　　1.1.1　应用程序栏 2
　　1.1.2　菜单栏 3
　　1.1.3　控制面板 3
　　1.1.4　标题栏 3
　　1.1.5　工具箱 4
　　1.1.6　文档窗口 4
　　1.1.7　状态栏 4
　　1.1.8　面板组 5
1.2　屏幕模式 5
　　1.2.1　在不同的屏幕模式下工作 5
　　1.2.2　多个窗口中查看图像 6
1.3　设置工作区与辅助工具 7
　　1.3.1　自定义工作区 7
　　1.3.2　认识网格 8
　　1.3.3　使用标尺 9
　　1.3.4　使用参考线 10
　　1.3.5　文字注释 12
1.4　实践操作 13
　　1.4.1　自定义彩色的菜单命令 13
　　1.4.2　按照指定位置创建参考线 14
　　1.4.3　新建工作区 15

Chapter 2　图像文件的基本
操作 17

2.1　图像基础知识 18
　　2.1.1　图像类型 18
　　2.1.2　像素和分辨率 19
　　2.1.3　图像文件格式 19
2.2　文件的基本操作 20
　　2.2.1　创建文件 20
　　2.2.2　打开文件 21

2.2.3　导入和导出文件 22
2.2.4　存储文件 23
2.2.5　关闭文件 24
2.3　修改图像像素 25
　　2.3.1　修改图像的像素 25
　　2.3.2　修改图像的打印尺寸和
分辨率 25
2.4　修改画布大小 26
　　2.4.1　修改画布的大小 26
　　2.4.2　旋转画布 27
2.5　图像的变换与变形 28
　　2.5.1　定界框、中心点和控制点 28
　　2.5.2　移动图像 28
　　2.5.3　旋转与缩放 29
　　2.5.4　斜切与扭曲 30
2.6　裁剪图像 31
　　2.6.1　认识裁剪工具 31
　　2.6.2　使用裁剪工具裁剪
图像 32
　　2.6.3　使用裁切命令裁切
图像 32
2.7　实践操作 33
　　2.7.1　使用在 Bridge 中浏览
命令打开文件 33
　　2.7.2　使用透视命令变换
图像 34

Chapter 3　创建与编辑图像
选区 35

3.1　初识选区 36
　　3.1.1　什么是选区 36
　　3.1.2　选区的类型 36
3.2　选择几何形状对象 37
　　3.2.1　矩形选框工具 37

3.2.2 椭圆选框工具 37
3.2.3 单行选框和单列选框工具 37
3.3 选择非几何形状对象 38
3.3.1 套索工具 38
3.3.2 多边形套索工具 39
3.4 智能选择工具 39
3.4.1 磁性套索工具 40
3.4.2 快速选择工具 40
3.4.3 魔棒工具 41
3.4.4 色彩范围菜单项 41
3.5 选区的基本编辑操作 42
3.5.1 全选与反选 42
3.5.2 取消选择与重新选择 43
3.5.3 增加、删减和相交选区 44
3.5.4 存储和载入选区 46
3.6 选区的调整 47
3.6.1 扩展或收缩选区 47
3.6.2 边界化或平滑选区 48
3.6.3 羽化选区边缘 49
3.7 实践操作 50
3.7.1 变换和移动选区 51
3.7.2 使用磁性套索工具抠像 52

Chapter 4 绘制与修饰图像 53
4.1 颜色的设置和选取 54
4.1.1 设置前景和背景色 54
4.1.2 使用颜色面板 55
4.1.3 使用吸管工具 56
4.1.4 使用色板面板 56
4.2 画笔面板 56
4.2.1 了解画笔面板 57
4.2.2 画笔预设 58
4.2.3 画笔选项的设定 59
4.3 绘画工具 60
4.3.1 画笔工具 60
4.3.2 铅笔工具 61
4.3.3 橡皮擦工具 61
4.3.4 背景橡皮擦工具 62

4.3.5 魔术橡皮擦工具 63
4.4 填充工具 63
4.4.1 油漆桶工具 63
4.4.2 渐变工具 64
4.4.3 描边 65
4.5 修饰工具 66
4.5.1 减淡和加深工具 66
4.5.2 模糊和锐化工具 67
4.5.3 涂抹工具 68
4.5.4 海绵工具 68
4.5.5 仿制图章工具 69
4.5.6 图案图章工具 69
4.6 实践操作 70
4.6.1 绘制纸袋 70
4.6.2 绘制草地 71

Chapter 5 调整图像色彩 73
5.1 颜色模式及其转换 74
5.1.1 颜色模式的类型 74
5.1.2 颜色模式的转换 75
5.2 自动调整色彩 76
5.2.1 自动色调 76
5.2.2 自动对比度 76
5.2.3 自动颜色 76
5.2.4 去色 77
5.3 手工调整色彩 77
5.3.1 色阶 77
5.3.2 曲线 78
5.3.3 色彩平衡 79
5.3.4 色相/饱和度 79
5.3.5 亮度/对比度 80
5.3.6 阴影/高光 81
5.3.7 匹配颜色 82
5.3.8 变化 82
5.4 特殊效果 83
5.4.1 通道混合器 83
5.4.2 照片滤镜 84
5.4.3 渐变映射 85

5.4.4 色调均化 86
5.4.5 色调分离 86
5.4.6 阈值 87
5.5 实践操作 88
5.5.1 调整照片色彩 88
5.5.2 制作黑白照片 89
5.5.3 使用渐变映射命令制作
夕阳余晖 89

Chapter 6 图层的应用 91
6.1 认识图层 92
6.1.1 图层的概念及原理 92
6.1.2 图层面板 92
6.2 创建与编辑图层 93
6.2.1 创建图层 94
6.2.2 选择图层 94
6.2.3 复制图层 96
6.2.4 移动图层 96
6.2.5 删除图层 97
6.2.6 链接图层 98
6.2.7 锁定图层 98
6.2.8 显示与隐藏图层 98
6.3 排列与分布图层 99
6.3.1 调整图层的堆叠顺序 99
6.3.2 对齐图层 100
6.3.3 分布图层 100
6.4 合并图层 101
6.4.1 合并图层 101
6.4.2 向下合并图层 101
6.4.3 合并可见图层 102
6.4.4 拼合图像 102
6.4.5 盖印图层 103
6.5 使用图层组管理图层 103
6.5.1 创建图层组 103
6.5.2 从选择的图层创建图层组 .. 104
6.5.3 将图层移出或移入图层组 .. 104
6.5.4 锁定图层组 105
6.5.5 取消图层编组 105

6.6 图层样式 106
6.6.1 添加图层样式 106
6.6.2 投影 107
6.6.3 内阴影 107
6.6.4 外发光 109
6.6.5 内发光 109
6.6.6 斜面和浮雕 110
6.6.7 光泽 111
6.6.8 颜色叠加、渐变叠加和
图案叠加 112
6.6.9 描边 113
6.7 编辑图层样式 113
6.7.1 显示与隐藏样式 113
6.7.2 修改样式参数 114
6.7.3 复制与删除样式 115
6.7.4 将图层样式创建为图层 .. 115
6.8 实践操作 116
6.8.1 绘制花瓣 116
6.8.2 制作按钮 117

Chapter 7 通道和蒙版 119
7.1 通道的分类 120
7.1.1 颜色通道 120
7.1.2 Alpha 通道 120
7.1.3 专色通道 121
7.2 创建与编辑通道 121
7.2.1 创建通道 121
7.2.2 复制通道 122
7.2.3 删除通道 122
7.2.4 分离与合并通道 123
7.2.5 显示和隐藏通道 124
7.2.6 载入 Alpha 中的选区 125
7.2.7 创建专色通道 125
7.3 通道计算 126
7.3.1 使用应用图像命令 126
7.3.2 使用计算命令 127
7.4 快速蒙版 128
7.4.1 创建快速蒙版 128

7.4.2 关闭快速蒙版 129

7.4.3 蒙版转换为通道 129

7.5 图层蒙版 130

7.5.1 创建图层蒙版 130

7.5.2 显示和隐藏图层蒙版 131

7.5.3 停用和删除图层蒙版 131

7.6 实践操作 132

7.6.1 复制与转移蒙版 132

7.6.2 取消链接与链接蒙版 133

Chapter 8 矢量工具与路径 ...135

8.1 路径与锚点 136

8.1.1 认识路径 136

8.1.2 认识锚点 136

8.2 使用钢笔工具绘制图形 137

8.2.1 钢笔工具选项栏 137

8.2.2 绘制直线路径 138

8.2.3 绘制曲线路径 138

8.2.4 绘制闭合路径 139

8.2.5 自由钢笔工具 140

8.2.6 磁性钢笔工具 140

8.3 使用形状工具绘制图形 141

8.3.1 矩形工具 141

8.3.2 圆角矩形工具 142

8.3.3 椭圆工具 143

8.3.4 多边形工具 143

8.3.5 直线工具 144

8.3.6 自定形状工具 145

8.4 路径面板 145

8.4.1 认识路径面板 145

8.4.2 显示和隐藏路径 146

8.4.3 创建新路径 146

8.4.4 存储路径 147

8.4.5 复制路径 148

8.4.6 删除路径 148

8.5 编辑路径 149

8.5.1 选择路径 149

8.5.2 调整路径线段 149

8.5.3 移动和复制路径 151

8.5.4 连接断开路径 152

8.5.5 调整路径形状 152

8.5.6 添加锚点与删除锚点 153

8.6 实践操作 154

8.6.1. 绘制红星 154

8.6.2. 绘制卡通小人 154

Chapter 9 文字的编辑 157

9.1 文字工具组 158

9.1.1 文字工具选项栏 158

9.1.2 横排文字工具 158

9.1.3 直排文字工具 159

9.1.4 横排文字蒙版工具 160

9.1.5 直排文字蒙版工具 161

9.2 输入文字 162

9.2.1 输入点文字 162

9.2.2 输入段落文字 163

9.3 格式化字符与段落 164

9.3.1 设置文字的字体和大小 ...164

9.3.2 文字的颜色 165

9.3.3 设置段落的对齐与缩进 ...165

9.3.4 设置段落的间距 166

9.4 文字的转换 167

9.4.1 点文字和段落文本的
相互转换 167

9.4.2 将文字转换为路径和
其他图层 168

9.4.3 转换文字的排列 169

9.5 文字的高级编辑 169

9.5.1 创建变形文字效果 169

9.5.2 沿路径排列文字 170

9.5.3 查找和替换文本 171

9.6 实践操作 171

9.6.1 创建浮雕字 172

9.6.2 创建艺术字 173

Chapter 10 滤镜的使用 175

10.1 滤镜的特点与使用方法 176

10.1.1 什么是滤镜 176
10.1.2 滤镜的使用规则 176
10.1.3 转换为智能滤镜 177
10.1.4 查看滤镜的信息 178
10.1.5 使用滤镜库 178
10.2 校正性滤镜 179
10.2.1 模糊滤镜组 179
10.2.2 杂色滤镜组 181
10.2.3 锐化滤镜组 182
10.2.4 其它滤镜组 183
10.3 破坏性滤镜 184
10.3.1 扭曲滤镜组 184
10.3.2 像素化滤镜组 186
10.3.3 渲染滤镜组 187
10.3.4 风格化滤镜组 188
10.4 效果性滤镜 189
10.4.1 艺术效果滤镜组 189
10.4.2 画笔描边滤镜组 191
10.4.3 素描滤镜组 192
10.4.4 纹理滤镜组 193
10.5 实践操作 194
10.5.1 制作撕坏的照片 195
10.5.2 制作木版画 196

Chapter 11 动作和任务
自动化 199

11.1 动作 200
11.1.1 动作面板 200
11.1.2 应用预设动作 201
11.1.3 录制新动作 201
11.1.4 动作的编辑和管理 202

11.2 任务自动化 204
11.2.1 批处理 204
11.2.2 裁剪并修齐照片 205
11.2.3 制作全景图像 205
11.3 实践操作 207
11.3.1 使用图像处理器批量
转换图像 207
11.3.2 在动作中插入停止 209

Chapter 12 Photoshop CS4 综合
应用实例 211

12.1 制作商业广告 212
12.1.1 创意制作樱桃 212
12.1.2 创意制作芒果 215
12.1.3 创意制作胡萝卜 216
12.1.4 创意制作苹果 218
12.1.5 制作文字部分 219
12.2 为黑白照片上色 220
12.2.1 使用钢笔工具绘制
人物选区 220
12.2.2 使用盖印图层命令
调整效果 222
12.2.3 使用蒙版修饰照片 222
12.2.4 使用图层混合模式
处理头发 224
12.3 制作放射字 224
12.3.1 输入文字 225
12.3.2 应用极坐标效果 226
12.3.3 应用风格化效果 227
12.3.4 完善文字 228

初识 Photoshop CS4 工作环境

本章要点

1. Photoshop CS4 的工作界面
2. 屏幕模式
3. 设置工作区与辅助工具

本章主要内容

　　本章主要介绍了 Photoshop CS4 的工作界面、屏幕模式和自定义工作区方面的知识与技巧,同时还讲解认识网格、使用标尺、使用参考线和文字注释方面的知识,在本章的最后还针对实际的工作需求制作了 3 个案例,分别是自定义彩色的菜单命令、按照指定位置创建参考线和新建工作区,希望用户通过学习这 3 个案例的制作过程能够完全掌握 Photoshop CS4 工作环境。

1.1 Photoshop CS4 的工作界面

Photoshop CS4 号称是 Adobe 公司历史上最大规模的一次产品升级，Adobe Photoshop CS4 软件通过更直观的用户体验、更大的编辑自由度，使用户能更轻松地使用其无与伦比的强大功能，以大幅提高工作效率。Photoshop CS4 除了包含 Photoshop CS3 的所有功能外，还增加了一些特殊的功能，如支持 3D、视频流、动画、深度图像分析等。

Photoshop CS4 工作区的排列方式可帮助用户集中精力创建和编辑图像。工作区包含菜单和各种用于查看、编辑图像以及向图像添加元素的工具和面板。下面具体介绍 Photoshop CS4 工作界面的组成和相应的功能，如图 1-1 所示。

图 1-1

1.1.1 应用程序栏

位于界面顶部的应用程序栏包含【Ps】按钮 Ps、【Br】按钮、【查看额外内容】按钮、【缩放级别】下拉列表框、【抓手工具】按钮、【缩放工具】按钮、【旋转视图工具】、【排列文档】按钮、【屏幕模式】按钮、【基本功能】按钮、【最小化】按钮、【向下还原】按钮和【关闭】按钮，如图 1-2 所示。

图 1-2

- 【Ps】按钮 Ps：单击该按钮，在弹出的下拉菜单中可以进行"移动"、"大小"、"最大化"、"最小化"和"关闭"操作。
- 【Br】按钮：将进入 Adobe Bridge CS4 工作界面。
- 【查看额外内容】按钮：单击该按钮，在弹出的下拉菜单中可以进行"显示参考线"、"显示网格"和"显示标尺"操作。
- 【缩放级别】下拉列表框：用来设置文档窗口中图像的大小，单击【缩放级别】下拉列表框右侧的下拉按钮，在弹出的下拉列表中选择相应的选项，可以将文档窗口中的图像设置为相应的比例。此外，还可以在其文本框中输入想要缩放图像的比例，如设置图像的大小为 25%、55%等。

- **【抓手工具】按钮**：在放大图像显示过程中，单击该按钮，光标将变成手形，这时可以移动图像的位置。
- **【缩放工具】按钮**：单击该按钮，可以对当前文档窗口中的图像进行放大显示，按住<Alt>键的同时再单击文档窗口中的图像，可以缩小显示图像。
- **【旋转视图工具】**：仅适用于已启用 OpenGL 的文档窗口。
- **【排列文档】按钮**：在图层处于解锁状态下，可以对文档进行全部合并、全部按风格拼贴、四联、六联以及按屏幕大小缩放等。
- **【屏幕模式】按钮**：用于提供屏幕模式的设置，如"标准屏幕模式"、"带有菜单栏的全屏模式"和"全屏模式"，按<F>键可以在"标准屏幕模式"、"带有菜单栏的全屏模式"和"全屏模式"之间进行切换。
- **【基本功能】按钮** 基本功能 ▼：用于切换工作场所。
- **【最小化】按钮**：单击该按钮，可将窗口缩小到任务栏上。
- **【向下还原】按钮**：单击该按钮，可以将窗口还原为初始状态，并与【最大化】按钮 互相切换。
- **【关闭】按钮**：单击该按钮，可关闭当前窗口，退出 Photoshop CS4 工作界面。

1.1.2　菜单栏

菜单栏位于应用程序栏下方、控制面板上方，Photoshop CS4 中有 11 个主菜单，如图 1-3 所示，并且每个菜单内包含一系列对应的命令，如选择【文件】主菜单，在弹出的下拉菜单中的命令将用于设置文件。

文件(F)　编辑(E)　图像(I)　图层(L)　选择(S)　滤镜(T)　分析(A)　3D(D)　视图(V)　窗口(W)　帮助(H)

图 1-3

1.1.3　控制面板

控制面板显示当前所选工具的选项，在 Photoshop CS4 中，控制面板也叫选项栏，当选中工具箱中的工具时，其工具选项栏中会显示该工具的选项及参数设置，如选中【套索工具】时工具选项栏的状态如图 1-4 所示。

羽化: 0 px　消除锯齿　调整边缘...

图 1-4

1.1.4　标题栏

在标题栏上显示文档窗口中图像文件的名称、文件格式、窗口缩放比例和颜色模式等信息，如果文档中包含多个图层，则在标题栏中将显示当前工作的图层名称，如图 1-5 所示。

素材002.jpg @ 66.7%(RGB/8#)　×

图 1-5

1.1.5　工具箱

工具箱中包含了用于创建和编辑图像和页面元素等的工具和按钮，并且将相关工具进行了分组，单击工具箱顶部的双箭头按钮，可以将工具箱由双排显示变成单排显示，如图 1-6 所示。

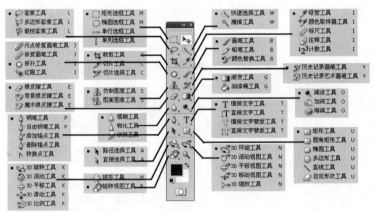

图 1-6

1.1.6　文档窗口

在 Photoshop CS4 中每打开一个图像，便会创建一个文档窗口，当打开多个图像时，文档窗口将以选项卡的形式进行显示，如图 1-7 所示。文档窗口中显示正在处理的文件，如果准备切换文档窗口，可以选择相应的标题名称，按<Ctrl>+<Tab>组合键可以按照顺序切换窗口，按<Ctrl>+<Shift>+<Tab>组合键可以按照相反的顺序切换窗口。

图 1-7

1.1.7　状态栏

在状态栏中显示文档的窗口缩放比例、大小、文档尺寸和当前工具等信息，单击状态栏中的【向右箭头】按钮，在弹出的下拉菜单中选择【显示】菜单项，并在弹出的子菜单中可以设置"文档大小"、"文档配置文件"、"文档尺寸"、"测量比例"和"32 位曝光"等菜单项。此外，还可以在状态栏中修改窗口缩放比例，只需在【窗口缩放比例】文本框中输入相应的比例大小，如图 1-8 所示。

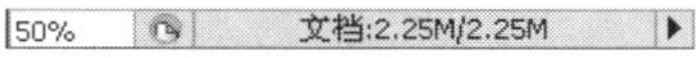

50% | 文档:2.25M/2.25M | ▶

图 1-8

1.1.8　面板组

面板可以用来设置颜色、色板、样式、图层和历史记录等，在 Photoshop CS4 中包含 20 多个面板，选择【窗口】主菜单，在弹出的下拉菜单中可以选择相应的菜单项，调出相应的面板，如图 1-9 所示。

图 1-9

1.2　屏　幕　模　式

在编辑图像过程中，需要放大或缩小屏幕显示窗口，或者移动画面的显示区域，以便查看准备显示的图像区域。本节将具体介绍在不同的屏幕模式下工作和在多个窗口中查看图像的方法。

1.2.1　在不同的屏幕模式下工作

在 Photoshop CS4 中屏幕模式有三种情况，分别是标准屏幕模式、带有菜单栏的全屏模式和全屏模式，下面具体介绍在不同的屏幕模式下工作的操作方法。

第1步 **1.** 在应用程序栏中单击【屏幕模式】按钮 ▣▾。**2.** 在弹出的下拉菜单中选择【带有菜单栏的全屏模式】菜单项，如图 1-10 所示。

第2步 通过上述操作，即可以带有菜单栏的全屏模式进行显示，如图 1-11 所示。

图 1-10

图 1-11

第3步 1. 在应用程序栏中单击【屏幕模式】按钮 ▥▾。 2. 在弹出的下拉菜单中选择【全屏模式】菜单项，如图 1-12 所示。

图 1-12

第4步 弹出【信息】对话框，单击【全屏】按钮 全屏 ，如图 1-13 所示。

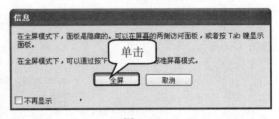

图 1-13

第5步 通过上述操作即可全屏显示图像文件，如图 1-14 所示。

图 1-14

智慧锦囊

按<F>键，可以在各种屏幕模式之间进行切换。在任何一种模式下，按<Tab>键，都可以隐藏/显示工具箱、面板，按<Shift>+<Tab>组合键可以隐藏/显示面板。

1.2.2 多个窗口中查看图像

如果打开了多个图像文件，可以通过排列的方式进行查看，下面具体介绍在多个窗口中查看图像的方法。

第1步 1. 选择【窗口】主菜单。 2. 在弹出的下拉菜单中选择【排列】菜单项。 3. 在弹出的子菜单中选择【平铺】菜单项，如图 1-15 所示。

图 1-15

第2步 通过上述操作即可平铺 4 个图像文件，如图 1-16 所示。

图 1-16

第3步 **1.** 在应用程序栏中单击【排列文档】按钮 ![按钮]。 **2.** 在弹出的下拉菜单中选择【将所有内容在窗口中浮动】菜单项，如图 1-17 所示。

第4步 通过上述操作即可以浮动的形式显示图像文件，如图 1-18 所示。

图 1-17

图 1-18

知识精讲

当打开多个图像文件时，可以通过【窗口】主菜单和【排列文档】按钮 ![按钮] 两种方法在多个窗口中查看图像操作。

1.3 设置工作区与辅助工具

Adobe Photoshop CS4 工作区的排列方式可帮助用户集中精力创建和编辑图像。工作区包含菜单和各种用于查看、编辑图像以及向图像添加元素的工具和面板。

1.3.1 自定义工作区

在 Photoshop CS4 中，可以根据个人习惯自定义工作区，如在工作区中显示几个常用面板，下面具体介绍自定义工作区的几个常用命令。

◆ 使用基本工作区	◆ 使用预设工作区
基本工作区包括"基本功能（默认）"，"基本"和"CS4 新增功能"，如果更改了当前的基本工作区，则 Photoshop CS4 工作界面也随之更改，如图 1-19 所示为基本工作区。	预设工作区包括"高级 3D"、"分析"、"自动"、"颜色和色调"、"绘画"、"校样"、"排版"、"视频"和"Web"，这是专为简化某些任务而设计的预设工作区，如图 1-20 所示为预设工作区。
✔ 基本功能（默认）(E) 　 基本 　 CS4 新增功能 图 1-19	高级 3D 分析 自动 颜色和色调 绘画 校样 排版 视频 Web 图 1-20

◆ 存储工作区

选择【窗口】→【工作区】→【存储工作区】菜单项，将弹出【存储工作区】对话框，在其中可以根据需要设置工作区的名称、面板位置、键盘快捷键和菜单，如图1-21所示。单击【存储】按钮 [存储] 后，存储的工作区将显示在【窗口】→【工作区】下拉菜单中。

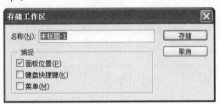

图 1-21

◆ 删除工作区

用于删除存储的自定义工作区，值得注意的是，当存储工作区后，当前的工作区将显示为存储的工作区，如"未标题-1"，如果准备删除存储的工作区，可以将工作区切换到其他的工作区下，然后选择【删除工作区】菜单项，将弹出【删除工作区】对话框，选择准备删除的工作区，然后单击【删除】按钮 [删除(D)] 即可删除已存储的工作区，如图1-22所示。

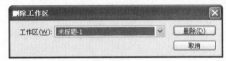

图 1-22

知识精讲

选择【窗口】→【工作区】→【键盘快捷键和菜单】菜单项，弹出【键盘快捷键和菜单】对话框，选择【菜单】选项卡，在该选项卡中进行相应设置，可以进行自定义菜单命令操作；选择【键盘快捷键】选项卡，在该选项卡中进行相应设置，可以进行自定义快捷键操作。

1.3.2 认识网格

在编辑图像文件过程中，可以利用显示网格的方法，使图像进行对齐功能操作，下面予以介绍。

第1步 **1.** 选择【视图】主菜单。**2.** 在弹出的下拉菜单中选择【显示】菜单项。**3.** 在弹出的子菜单中选择【网格】菜单项，如图1-23所示。

第2步 通过上述操作即可显示网格，如图1-24所示。

图 1-23

图 1-24

第3步 *1.* 选择【视图】主菜单。*2.* 在弹出的下拉菜单中选择【显示】菜单项。*3.* 在弹出的子菜单中选择【网格】菜单项，如图 1-25 所示。

第4步 通过上述操作即可隐藏网格线，如图 1-26 所示。

图 1-25

隐藏网格

图 1-26

智慧锦囊

按<Ctrl>+<'>组合键，可以快速调出网格，再次按<Ctrl>+<'>组合键即可取消显示网格。

1.3.3 使用标尺

在 Photoshop CS4，中使用标尺可以精确定位图像或元素。如果显示标尺，标尺会出现在现有窗口的顶部和左侧。当移动指针时，标尺内的标记会显示指针的位置。更改标尺原点可以从图像上的特定点开始度量。标尺原点也确定了网格的原点，下面具体介绍使用标尺的方法。

第1步 *1.* 选择【视图】主菜单。*2.* 在弹出的下拉菜单中选择【标尺】菜单项，如图 1-27 所示。

第2步 移动鼠标指针指向标尺的原点处，如图 1-28 所示。

图 1-27

定位光标

图 1-28

第3步 单击并向右下方拖动鼠标，此时在文档窗口中将显示十字线，如图 1-29 所示。

第4步 释放鼠标后即可完成更改标尺的原点，如图 1-30 所示。

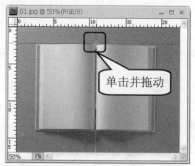

图 1-29

图 1-30

第5步 移动鼠标指针指向标尺原点处，然后进行双击，如图 1-31 所示。

第6步 通过上述操作即可恢复标尺的原点，如图 1-32 所示。

图 1-31

图 1-32

智慧锦囊

按 <Ctrl>+<R> 组合键，可以在文档窗口中快速显示标尺，再次按 <Ctrl>+<R> 组合键，可以隐藏标尺。

1.3.4 使用参考线

与网格类似，使用参考线也可以精确地定位图像或元素。参考线显示为浮动在图像上方的一些不会打印出来的线条。下面具体介绍使用参考线的方法。

第1步 将光标定位在水平标尺上，如图 1-33 所示。

第2步 单击并向下拖动水平参考线，如图 1-34 所示。

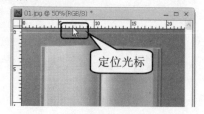

图 1-33

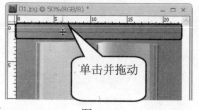

图 1-34

第3步 释放鼠标即可拖动出水平参考线，如图 1-35 所示。

图 1-35

第5步 单击并向右拖动水平参考线，如图 1-37 所示。

图 1-37

第7步 选择【移动工具】，将光标放置于参考线上，光标变成 ⊕ 形状，如图 1-39 所示。

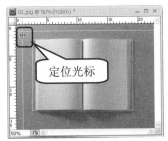

图 1-39

第9步 拖到合适位置后，释放鼠标即可移动参考线，如图 1-41 所示。

图 1-41

第4步 将光标定位在垂直标尺上，如图 1-36 所示。

图 1-36

第6步 释放鼠标后即可拖动出垂直参考线，如图 1-38 所示。

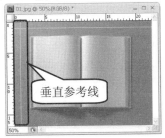

图 1-38

第8步 单击并向右拖动水平参考线，如图 1-40 所示。

图 1-40

知识拓展

选择【视图】→【锁定参考线】菜单项，可以锁定参考线，以防止参考线被移动。

拖动参考线时按住<Shift>键，可使参考线与标尺上的刻度对齐。如果网格可见，并选择了【视图】→【对齐到】→【网格】菜单项，则参考线将与网格对齐。

知识精讲

如果准备删除参考线，可以将参考线拖回标尺，或者选择【视图】→【清除参考线】菜单项。如果选择【视图】→【新建】菜单项，则将弹出【新建参考线】对话框，此时可以在【位置】文本框中输入数值，以按照指定位置创建参考线。

1.3.5 文字注释

在编辑图像时，可以利用 Photoshop CS4 提供的文字注释功能，给出图像设计者的名称，下面具体介绍文字注释的操作方法。

第1步 **1.** 选择【注释工具】。 **2.** 在选项栏的【作者】文本框中输入设计者的姓名，如图 1-42 所示。

第2步 光标变成形状，此时在文档窗口中单击，如图 1-43 所示。

图 1-42

图 1-43

第3步 **1.** 弹出【注释】面板，选择【注释】选项卡。 **2.** 在文本框中输入注释信息。 **3.** 单击【关闭】按钮，如图 1-44 所示。

第4步 完成文字注释操作，此时在文档窗口中会显示已输入的注释信息图标，如图 1-45 所示。

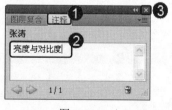

图 1-44

图 1-45

知识精讲

完成文字注释操作后，如果准备打开注释信息、删除注释信息和删除所有注释信息，可以右击"注释"图标，在弹出的快捷菜单中选择相应的菜单项即可执行相应的命令。

1.4 实践操作

对 Photoshop CS4 的工作界面、屏幕模式、设置工作区与辅助工具有所了解后，本节将针对以上所学知识制作 3 个案例，希望用户通过对这 3 个案例的制作能够完全掌握本章所学知识。

1.4.1 自定义彩色的菜单命令

在 Photoshop CS4 中使用快捷键可以快速地执行相应的命令，Photoshop 提供了预设的快捷键，同时也可以自定义设置快捷键，下面具体介绍自定义菜单命令快捷键的方法。

第1步 **1.** 选择【窗口】主菜单。**2.** 在弹出的菜单中选择【工作区】菜单项。**3.** 在弹出的子菜单中选择【键盘快捷键和菜单项】菜单项，如图 1-46 所示。

图 1-46

第3步 此时展开【编辑】菜单，在【还原/重做】右侧相对应的【颜色】列中单击【无】选项，如图 1-48 所示。

图 1-48

第2步 **1.** 弹出【键盘快捷键和菜单】对话框，选择【菜单】选项卡。**2.** 在【应用程序菜单命令】选项内单击【编辑】前的向右箭头按钮 ▷，如图 1-47 所示。

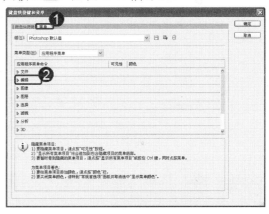

图 1-47

第4步 **1.** 在弹出的下拉列表框中选择【橙色】列表项。**2.** 单击【确定】按钮 确定 ，如图 1-49 所示。

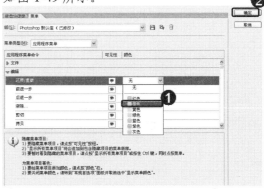

图 1-49

第5步 通过上述操作即可自定义设置菜单命令为彩色，此时【还原】菜单项以"橙色"进行显示，如图1-50所示。

编辑(E)	图像(I)	图层(L)	选择(S)
还原(O)			Ctrl+Z
前进一步(W)			Shift+Ctrl+Z
后退一步(K)			Alt+Ctrl+Z
渐隐(D)...			Shift+Ctrl+F
剪切(T)			Ctrl+X
拷贝(C)			Ctrl+C
合并拷贝(Y)			Shift+Ctrl+C
粘贴(P)			Ctrl+V
贴入(I)			Shift+Ctrl+V
清除(E)			

图 1-50

 知识拓展

如果准备取消自定义的彩色菜单命令，可以在【键盘快捷键和菜单】对话框中，在已设置的菜单颜色中选择【无】列表项，即可取消设置的自定义彩色菜单命令。

实用技巧

如果准备隐藏菜单项，可以单击【可见性】按钮 。

知识精讲

选择【窗口】主菜单，在弹出的下拉菜单中依次选择【工作区】→【键盘快捷键和菜单】菜单项，弹出【键盘快捷键和菜单】对话框，选择【菜单】选项卡，在【菜单类型】下拉列表框中选择【面板菜单】列表项，可以对面板菜单进行可见性和颜色设置。

1.4.2 按照指定位置创建参考线

在使用参考线过程中，可以在指定位置创建参考线，如设置水平参考线之间的距离为"2厘米"，下面具体介绍按照指定位置创建参考线的方法。

素材文件	实例\第 1 章\素材文件\1-4-2.jpg
效果文件	实例\第 1 章\效果文件\1-4-2.psd

第1步 1.选择【视图】主菜单。2.在弹出的菜单中选择【标尺】菜单项，如图 1-51所示。

第2步 此时在文档窗口中会显示标尺。1.选择【视图】主菜单。2.在弹出的菜单中选择【新建参考线】菜单项，如图1-52所示。

图 1-51

图 1-52

第3步 *1.* 弹出【新建参考线】对话框，选中【水平】单选按钮。*2.* 在【位置】文本框中输入准备设置的水平参考线数值。*3.* 单击【确定】按钮 ，如图 1-53 所示。

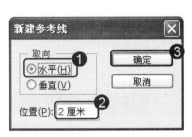

图 1-53

第4步 通过上述操作即可新建参考线，并且水平距离为 2 厘米，如图 1-54 所示。

图 1-54

 知识精讲

如果准备删除已按照指定位置创建的参考线，可以移动参考线拖回到标尺，或者选择【视图】→【清除参考线】菜单项。如果选择【视图】→【锁定参考线】菜单项，可以对创建的参考线进行锁定。

1.4.3 新建工作区

前面已经讲述了自定义工作区的方法，下面具体介绍在 Photoshop CS4 中新建工作区的方法。

素材文件	实例\第 1 章\素材文件\1-4-3.jpg
效果文件	实例\第 1 章\效果文件\1-4-3.psd

第1步 *1.* 选择【窗口】主菜单。*2.* 在弹出的菜单中选择【工作区】菜单项。*3.* 在弹出的子菜单中选择【存储工作区】子菜单项，如图 1-55 所示。

图 1-55

第2步 *1.* 弹出【存储工作区】对话框，在【名称】文本框中输入准备设置的工作区名称。*2.* 在【捕捉】选项组中选中【面板位置】复选框。*3.* 单击【存储】按钮 ，如图 1-56 所示。

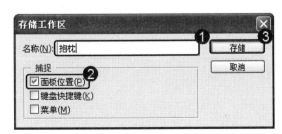

图 1-56

第3步 通过上述操作即可创建新的工作区，此时应用程序栏中的【基本功能】按钮 基本功能 ▼ 切换为【抱枕】按钮 抱枕 ▼，如图 1-57 所示。

新建工作区

图 1-57

知识拓展

选择【窗口】主菜单，在弹出的菜单中选择【工作区】菜单项，在弹出的子菜单中选择除新建的工作区"抱枕"外的菜单项，可以切换工作区。

实用技巧

在 Photoshop 中，可以为各个工作区指定键盘快捷键，以便在它们之间快速进行导航。

读书笔记

_____

_____

_____

_____

_____

_____

_____

_____

_____

_____

_____

_____

_____

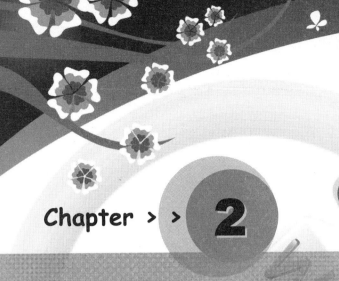

Chapter >> 2

图像文件的基本操作

本 章 要 点

1. 图像基础知识
2. 文件的基本操作
3. 修改图像像素
4. 修改画布大小
5. 图像的变换与变形
6. 裁剪图像

本章主要内容

　　本章主要介绍了图像基础知识、文件的基本操作、修改图像像素和修改画布大小方面的知识与技巧，同时还讲解了旋转、缩放、斜切、扭曲和裁剪图像方面的知识，在本章的最后还针对实际的工作需求，制作了两个案例，分别是用【在 Bridge 中浏览】命令打开文件和使用【透视】命令变换图像，希望用户通过学习这两个案例的制作过程能够完全掌握图像文件的基本操作。

2.1 图像基础知识

在对图像文件进行编辑之前,需要先了解一些图像的基础知识,以便在以后的编辑过程中出现不必要的错误,本节将具体介绍图像类型、像素和分辨率以及图像文件格式。

2.1.1 图像类型

计算机图像主要分为两大类,分别是位图图像和矢量图形。Photoshop 是典型的位图软件,但也包含一些矢量功能。

位图是指以点阵方式保存的图像或绘制图像,是由称做像素(图片元素)的单个点组成的。这些点可以进行不同的排列和染色以构成图样。当放大位图时,可以看见赖以构成整个图像的无数单个方块。扩大位图尺寸的效果是增多单个像素,从而使线条和形状显得参差不齐。然而,如果从稍远的位置观看它,位图图像的颜色和形状又显得是连续的。位图主要用于保存各种照片图像。位图的缺点是文件尺寸太大,且和分辨率有关。因此,当位图的尺寸放大到一定程度后,会出现锯齿现象,图像将变得模糊,如图 2-1 所示。

图 2-1

知识精讲

在对文档窗口进行缩放过程中,虽然图形放大后失真,但并不影响图像的大小,它只是对当前图像的放大显示效果。

矢量图使用直线和曲线来描述图形,这些图形的元素是一些点、线、矩形、多边形、圆和弧线等等,它们都是通过数学公式计算获得的,与分辨率无关,任意放大或缩小图形都不会失真,并且文件占用空间较小,适用于图形设计、文字设计和一些标志设计、版式设计等,如图 2-2 所示。

图 2-2

知识精讲

矢量图与位图最大的区别是，它不受分辨率的影响。因此在印刷时，可以任意放大或缩小图形而不会影响其清晰度。常用的矢量软件有 Freehand、Illustrator、Corel-DRAW 等。

2.1.2　像素和分辨率

像素是组成位图图像的基本元素，每一个像素都有它的固定位置，同时像素也是衡量数码相机的最重要指标，指的是数码相机的分辨率。像素大小指位图在宽和高两个方向的像素数。

分辨率就是屏幕图像的精密度，是指显示器所能显示的像素的多少。由于屏幕上的点、线和面都是由像素组成的，显示器可显示的像素越多，画面就越精细，同样的屏幕区域内能显示的信息也越多，所以分辨率是非常重要的性能指标之一。可以把整个图像想象成是一个大型的棋盘，而分辨率的表示方式就是所有经线和纬线交叉点的数目。以分辨率为 1024×768 的屏幕来说，即每一条水平线上包含有 1024 个像素点，共有 768 条线，即扫描列数为 1024 列，行数为 768 行。分辨率不仅与显示尺寸有关，还受显像管点距、视频带宽等因素的影响。其中，它和刷新频率的关系比较密切，严格地说，只有当刷新频率为"无闪烁刷新频率"，显示器能达到的最高分辨率才能称为这个显示器的最高分辨率。分辨率越高，包含的像素就越多，图像就越清晰。图 2-3 所示为分辨率是 72 像素/英寸和 140 像素/英寸的效果。

图 2-3

2.1.3　图像文件格式

文件格式（或文件类型）是指电脑为了存储信息而使用的对信息的特殊编码方式，是用于识别内部存储的资料。比如有的存储图片，有的存储程序，有的存储文字信息。每一类信息，都可以一种或多种文件格式保存在电脑中。每一种文件格式通常会有一种或多种扩展名用来识别，但也可能没有扩展名。扩展名可以帮助应用程序识别的文件格式。

Photoshop 支持几十种文件格式，因此能很好地支持多种应用程序。在 Photoshop 中，它主要包括固有格式（PSD）、应用软件交换格式（EPS、DCS、Filmstrip）、专有格式（GIF、BMP、Amiga IFF、PCX、PDF、PICT、PNG、Scitex CT、TGA）、主流格式（JPEG、TIFF）、其他格式（Photo CD YCC、FlshPix），如表 2-1 所示为常用的几种图像文件格式及其特点。

表 2-1   图像文件格式

文 件 格 式	特　　　点
PSD	PSD 格式是 Photoshop 图像处理软件的专用文件格式，它可以比其他格式更快速地打开和保存图像，很好地保存图层、蒙版，压缩方案不会导致数据丢失等
BMP	BMP 格式是一种与硬件设备无关的图像文件格式，该格式被大多数软件所支持，主要用于保存位图文件。BMP 格式支持 RGB、索引和灰度等颜色模式，但不支持 Alpha 通道
GIF	GIF 格式为 256 色 RGB 图像格式，其特点是文件尺寸较小、支持透明背景，适用于网页制作
EPS	处理图像工作中最重要的格式，它在 Mac 和 PC 环境下的图形和版面设计中广泛使用，用在 PostScript 输出设备上打印
JPEG	JPEG 格式是一种压缩效率很高的存储格式，但是当压缩品质数值过大时，会损失图像的部分细节，该格式的图像广泛应用于网页制作和 GIF 动画中
PDF	由 Adobe Systems 创建的一种文件格式，允许在屏幕上查看电子文档。PDF 文件还可被嵌入到 Web 的 HTML 文档中
PNG	PNG 格式是用于无损压缩和在 Web 上显示图像的一种格式，和 GIF 格式相比，PNG 格式并不仅限于 256 色
TIFF	TIFF 格式是一种应用广泛的图像格式，支持一个 Alpha 通道的 RGB、CMYK、"灰度模式"，以及无 Alpha 通道的索引、灰度模式，16 位和 24 位 RGB 文件，并且可以设置透明背景

知识精讲

　　文件格式决定了图像数据的存储方式、压缩方法、所支持的 Photoshop 功能，以及文件是否与一些应用程序兼容等，所以在保存图像时，需要慎重考虑存储的文件格式，以免发生不必要的错误。

2.2　文件的基本操作

　　使用 Photoshop 绘制或者处理图像前，首先应建立一个图像文件。如果准备对以前编辑的文件进行处理，那么还需要打开或导入图像文件。本节将具体介绍如何创建文件、打开文件、导入和导出文件、存储文件和关闭文件。

2.2.1　创建文件

　　在编辑图像文件之前，需要先创建新文件，下面以创建一个名为"水滴"的图像文件为例，介绍创建文件的操作方法。

第1步 *1.* 选择【文件】主菜单。*2.* 在弹出的菜单中选择【新建】菜单项，如图 2-4 所示。

图 2-4

第2步 *1.* 弹出【新建】对话框，在【名称】文本框中输入准备设置的名称。*2.* 选择【国际标准纸张】列表项。*3.* 选择【A4】列表项。*4.* 单击【确定】按钮，如图 2-5 所示。

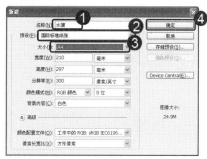

图 2-5

第3步 通过上述操作即可创建一个名为"水滴"的图像文件，如图 2-6 所示。

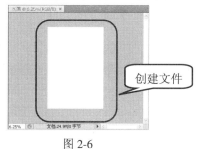

创建文件

图 2-6

智慧锦囊

按<Ctrl>+<N>组合键，同样可以进行新建图像文件的操作。

实用技巧

如果准备使新图像的宽度、高度和分辨率与打开的图像完全匹配，可以在【预设】列表框的底部选择这个文件名。

2.2.2 打开文件

如果准备编辑存储在磁盘上的图像，可以打开该文件，对其进行各种操作。下面具体介绍打开文件的方法。

第1步 *1.* 选择【文件】主菜单。*2.* 在弹出的菜单中选择【打开】菜单项，如图 2-7 所示。

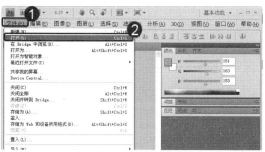

图 2-7

第2步 *1.* 弹出【打开】对话框，选择准备打开的文件。*2.* 单击【打开】按钮，如图 2-8 所示。

图 2-8

第3步 通过上述操作即可打开图形文件，如图2-9所示。

图 2-9

2.2.3 导入和导出文件

在 Photoshop CS4 中打开文件或新建文件后，可执行导入操作，如将视频帧、注释和WIA 等内容导入到打开的图像文件中，此外还可以将图像导出到视频设备中，下面具体介绍导入和导出文件的操作方法。

第1步 *1.* 选择【文件】主菜单。*2.* 在弹出的菜单中选择【导入】菜单项。*3.* 在弹出的子菜单中选择【注释】子菜单项，如图2-10所示。

第2步 *1.* 弹出【载入】对话框，选择准备导入的注释文件。*2.* 单击【载入】按钮 ，如图 2-11 所示。

图 2-10

图 2-11

第3步 通过上述操作即可导入 2-2-3 的注释信息，此时在文档窗口中将显示注释图标，如图2-12所示。

图 2-12

第4步 **1.** 选择【文件】主菜单。**2.** 在弹出的菜单中选择【导出】菜单项。**3.** 在弹出的子菜单中选择【路径到 Illustrator】子菜单项，如图 2-13 所示。

图 2-13

第5步 **1.** 弹出【导出路径】对话框，选择准备保存的位置。**2.** 在【文件名】文本框中输入准备保存的名称。**3.** 单击【保存】按钮 保存(S)，如图 2-14 所示。

图 2-14

第6步 通过上述操作即可导出文件，如图 2-15 所示。

图 2-15

知识拓展

如果选择【文件】→【导出】→【Zoomify】菜单项，可以将高分辨率的图像发布到 Web 上。

2.2.4 存储文件

完成文件的创建或打开已有文件进行编辑后，需要对文件进行存储，以便日后使用，下面具体介绍存储文件的方法。

第1步 **1.** 选择【文件】主菜单。**2.** 在弹出的菜单中选择【存储】菜单项，如图 2-16 所示。

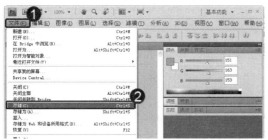

图 2-16

第2步 **1.** 弹出【存储为】对话框，选择存储的位置。**2.** 单击【保存】按钮 保存(S)，如图 2-17 所示。

图 2-17

第3步 通过上述操作即可存储图形文件，如图 2-18 所示。

图 2-18

智慧锦囊

按<Ctrl>+<S>组合键同样可以进行存储文件操作。

实用技巧

按<Shift>+<Ctrl>+<S>组合键可以将当前文件另外存储为一个图形文件。

知识精讲

选择【文件】主菜单，在弹出的下拉菜单中选择【存储为】菜单项，将弹出【存储为】对话框，此时可以将文件以"存储为"形式进行保存。同时，选择【文件】→【存储为 Web 和设备所用格式】菜单项，可以将文件存储为 Web 和设备格式。

2.2.5 关闭文件

如果不准备使用目前的文件，或是完成文件的编辑操作后，可以执行关闭文件命令，下面进行具体介绍。

第1步 **1.** 选择【文件】主菜单。**2.** 在弹出的菜单中选择【关闭】菜单项，如图 2-19 所示。

第2步 通过上述操作即可关闭图像文件，如图 2-20 所示。

图 2-19

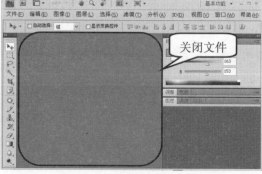

图 2-20

知识精讲

未经保存过的文件进行关闭文件操作时，将弹出【Adobe Photoshop CS4 Extended】对话框，提示是否在关闭之前保存对文档的更改，单击【是】按钮 是(Y) ，可以对文件进行保存。

智慧锦囊

按<Ctrl>+<W>组合键可以进行关闭文件操作，如果文档窗口中包含多个文件，可以选择【文件】→【关闭全部】命令，其快捷键是<Alt>+<Ctrl>+<W>。

2.3　修改图像像素

如果准备修改现有文件的像素大小、打印尺寸和分辨率，可以利用修改图像像素的方法进行更改。本节将具体介绍如何修改图像的像素、修改图像的打印尺寸和分辨率。

2.3.1　修改图像的像素

在 Photoshop CS4 中进行图像文件操作时，可以随时修改图像像素，以得到最佳效果，下面具体介绍修改图像像素的操作方法。

第1步 *1.* 选择【图像】主菜单。*2.* 在弹出的菜单中选择【图像大小】菜单项，如图 2-21 所示。

图 2-21

第3步 通过上述操作即可修改图像的像素，如图 2-23 所示。

图 2-23

第2步 *1.* 弹出【图像大小】对话框，选中【约束比例】复选框。*2.* 在【像素大小】选项组的【宽度】文本框中输入准备设置的宽度值。*3.* 单击【确定】按钮 `确定`，如图 2-22 所示。

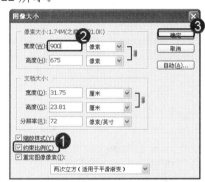

图 2-22

知识精讲

修改图像的像素，将影响图像文件在屏幕中的大小，同时也影响图像的质量及其输出效果。

实用技巧

如果取消选中【约束比例】复选框，则可以任意修改图像的宽度与高度。

2.3.2　修改图像的打印尺寸和分辨率

在修改图像像素过程中，不但可以对图像的像素进行修改，还可以对图像的打印尺寸和分辨率进行相应的修改，下面予以介绍。

第1步 *1.* 选择【图像】主菜单。*2.* 在弹出的菜单中选择【图像大小】菜单项，如图 2-24 所示。

第2步 *1.* 弹出【图像大小】对话框，取消选中【重定图像像素】复选框。*2.* 在【分辨率】文本框中输入准备设置的分辨率。*3.* 单击【确定】按钮 确定 即可修改图像的打印尺寸和分辨率，如图 2-25 所示。

图 2-24

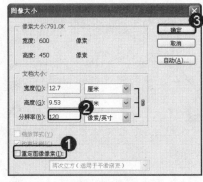

图 2-25

知识精讲

如果准备只更改打印尺寸或分辨率并按比例调整图像中的像素总数，可以选中【重定图像像素】复选框，并设置像素大小；如果准备更改打印尺寸和分辨率而又不打算更改图像中的像素总数，可以取消选中【重定图像像素】复选框。

智慧锦囊

如果准备恢复【图像大小】对话框中显示的初始值，可以按住<Alt>键不放的同时，单击【复位】按钮 复位 。

2.4 修改画布大小

修改画布大小是指在编辑图像文件过程中，可以根据需要增加或减少画布的面积，同时还可以对画布进行旋转。本节将具体介绍修改画布大小和旋转画布的方法。

2.4.1 修改画布的大小

修改画布大小是指修改画布的面积，即当增加画布面积时，可在图像周围添加空白区域；当减少画布面积时，则裁剪图像，下面具体介绍修改画布大小的方法。

知识精讲

在修改画布大小时，可以根据需要重新指定画布的高度与宽度。如果图像的背景颜色是透明的，则【画布扩展颜色】选项不可用，并且添加的画布背景颜色也将是透明的。

第1步 **1.** 选择【图像】主菜单。**2.** 在弹出的菜单中选择【画布大小】菜单项，如图 2-26 所示。

图 2-26

第3步 通过上述操作即可修改画布大小，如图 2-28 所示。

修改画布大小

图 2-28

第2步 **1.** 弹出【画布大小】对话框，设置画布的宽度。**2.** 设置画布的高度。**3.** 在【画布扩展颜色】下拉列表框中选择【灰色】列表项。**4.** 单击【确定】按钮 确定 ，如图 2-27 所示。

图 2-27

知识精讲

按<Alt>+<Ctrl>+<C>组合键同样可以进行修改画布大小操作。如果修改后的画布大小小于图像自身大小时，图像文件将溢出画布之外，此时可以通过选择【图像】→【显示全部】菜单项达到全部显示图像的目的。

2.4.2 旋转画布

在实际工作中，可以对画布进行旋转，以得到合适的角度。下面具体介绍旋转画布的方法。

第1步 打开准备进行旋转画面的图像，如图 2-29 所示。

打开文件

图 2-29

第2步 选择【图像】→【图像旋转】→【90度（逆时针）】菜单项即可旋转画布，如图 2-30 所示。

旋转画布

图 2-30

2.5　图像的变换与变形

通过使用 Adobe Photoshop CS4 中的变换与变形功能，可以改变图像以完成各种任务，如校正扭曲和缺陷。本节将具体介绍定界框、中心、控制点、移动图像、旋转与缩放以及斜切与扭曲。

2.5.1　定界框、中心点和控制点

选择【编辑】主菜单，在弹出的菜单中选择【变换】菜单项，然后在弹出的子菜单中选择各种变换命令，如缩放、旋转、斜切和垂直翻转等，当执行任意一个命令时，当前对象会显示出定界框、中心点和控制点，如图 2-31 所示。

图 2-31

- **控制点**：位于图像的 4 个顶点及定界框中心处，拖动控制点可以改变图像的形状。
- **中心点**：位于对象的中心，它用于定义对象的变换中心，拖动中心点可以移动它的位置。
- **定界框**：用于区别上、下、左和右各个方向。

知识精讲

对图像进行变换与变形操作之前，需要保证该图像位于图层上，否则将不能进行变换与变形操作。按<Ctrl>+<T>组合键，也可以进行变换与变形操作。

2.5.2　移动图像

移动图像是指移动图层上的图像，在进行移动图像操作时，需要先选择【移动工具】。下面具体介绍移动图像的操作方法。

第1步 选中准备移动的图层，如图 2-32 所示。

第2步 单击并拖动鼠标即可移动图像，如图 2-33 所示。

图 2-32

图 2-33

2.5.3　旋转与缩放

选择【编辑】主菜单，在弹出的菜单中依次选择【变换】→【旋转】或【缩放】菜单项，或者按<Ctrl>+<T>组合键即可进行旋转与缩放操作，下面以使用组合键为例介绍旋转与缩放操作。

第1步 按<Ctrl>+<T>组合键，此时在图像上将显示定界框，如图 2-34 所示。

图 2-34

第3步 单击并拖动鼠标即可旋转对象，如图 2-36 所示。

图 2-36

第5步 单击并拖动鼠标即可缩放对象，如图 2-38 所示。

图 2-38

第2步 将光标定位在定界框外靠近中间处，此时光标变成 ↰ 形状，如图 2-35 所示。

图 2-35

第4步 将光标定位在控制点上，此时光标变成 形状，如图 2-37 所示。

图 2-37

第6步 按<Enter>键即可退出旋转与缩放操作，如图 2-39 所示。

图 2-39

知识精讲

在对图像进行缩放时，如果按住<Shift>键不放的同时，再单击鼠标并拖动 4 个方向上的控制点即可等比例缩放图像对象。

2.5.4 斜切与扭曲

选择【编辑】主菜单，在弹出的菜单中依次选择【变换】→【斜切】或【扭曲】菜单项，或者按<Ctrl>+<T>组合键即可进行斜切与扭曲操作，下面仍以使用组合键为例介绍斜切与扭曲操作。

第1步 按<Ctrl>+<T>组合键，此时在图像上显示定界框，如图2-40所示。

显示定界框

图 2-40

第2步 右击图像，在弹出的快捷菜单中选择【斜切】菜单项，如图2-41所示。

选择菜单项

图 2-41

第3步 将光标定位在中间的控制点上，此时光标变成形状，如图2-42所示。

定位光标

图 2-42

第4步 单击并向下拖动鼠标，即可沿垂直方向斜切对象，如图2-43所示。

斜切对象

图 2-43

第5步 右击该图像，在弹出的快捷菜单中选择【扭曲】菜单项，如图2-44所示。

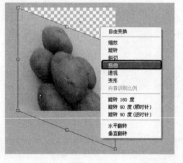

图 2-44

第6步 将光标定位在右下角的控制点上，此时光标变成形状，如图2-45所示。

定位光标

图 2-45

第7步 单击并向上拖动鼠标即可完成扭曲对象操作，如图 2-46 所示。

第8步 按<Enter>键即可退出斜切与扭曲操作，如图 2-47 所示。

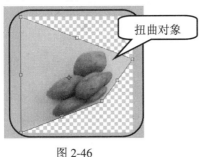

扭曲对象

图 2-46

完成制作

图 2-47

智慧锦囊

如果准备退出自由变换中的任意一个命令，可以按<Enter>键或<Esc>键。当按<Ctrl>+<T>组合键后将在文档窗口中显示定界框，按<Ctrl>+<Shift>组合键可以进行斜切操作，按<Ctrl>键可以进行扭曲操作。

2.6 裁 剪 图 像

在编辑图像时，经常需要对图像进行裁剪以得到准备保留的部分，删除多余的部分。本节将具体介绍裁剪工具、使用【裁剪】命令裁剪图像和使用【裁切】命令裁切图像的方法。

2.6.1 认识裁剪工具

使用工具箱中的【裁剪工具】口可以裁剪图像，以重新定义图像大小。选择【裁剪工具】口，在文档窗口中单击并拖动即可拖出一个矩形框，按下<Enter>键即可保留矩形框内的部分。选择【裁剪工具】口后，选项栏显示如图 2-48 所示。

图 2-48

- **宽度**：用于输入裁剪的宽度。
- **高度**：用于输入裁剪的高度。
- **分辨率**：用于输入裁剪的分辨率。
- **前面的图像**：单击该按钮，可以在前面各自的文本框中显示当前图像的大小和分辨率。如果目前的文档窗口中打开了两个文件，则会显示另一个图像的大小和分辨率。
- **清除**：当在【宽度】、【高度】和【分辨率】文本框中输入数值后，单击该按钮，则可以删除这些已设置好的数值，恢复其默认状态。

创建裁剪区域后，选项栏中各参数的变化如图 2-49 所示。

图 2-49

■ **裁剪区域**：如果图像包含多个图层，或者没有背景图层，则该选项可用。如果选中【删除】单选按钮，可删除被裁剪的区域；如果选中【隐藏】单选按钮，则被裁剪的区域将被隐藏，可通过选择【图像】→【显示全部】菜单项进行显示。

■ **屏蔽/颜色/不透明度**：选中【屏蔽】复选框后，被裁剪的区域将【颜色】选项内的颜色所屏蔽；如果取消选中【屏蔽】复选框，则将全部显示图像。根据个人习惯，可以设置颜色，即单击【颜色】选项内的颜色块，弹出【拾色器】对话框，此时可以选取相应的颜色。

■ **透视**：选中该复选框后，可以调整剪裁边界的控制点，裁剪后可以对图像应用透视变换。

2.6.2 使用裁剪工具裁剪图像

在编辑图像过程中，可以对图像进行裁剪以得到准备保留的部分，下面具体介绍用【裁剪工具】裁剪图像的方法。

第1步 *1.* 选择【裁剪工具】 ⊄。 *2.* 在图像上单击并拖出一个矩形框，如图 2-50 所示。

第2步 释放鼠标，然后按<Enter>键即可完成裁剪图像操作，如图 2-51 所示。

图 2-50

图 2-51

2.6.3 使用裁切命令裁切图像

【裁切】命令通过移去不需要的图像数据来裁剪图像，其所用的方式与【裁剪】命令所用的方式不同，通过裁切周围的透明像素或指定颜色的背景像素来裁剪图像，下面予以介绍。

第1步 对已进行裁剪的图像进行相应设置，修改其画布大小，使其以图层形式进行显示，如图 2-52 所示。

第2步 *1.* 选择【图像】主菜单。 *2.* 在弹出的菜单中选择【裁切】菜单项，如图 2-53 所示。

图 2-52

图 2-53

第3步 **1.** 弹出【裁切】对话框，选中【透明像素】单选按钮。**2.** 单击【确定】按钮 ｜确定｜，如图 2-54 所示。

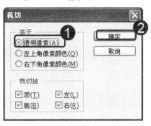

图 2-54

第4步 通过上述操作即可裁切掉透明像素，仅保留图层中的图像，如图 2-55 所示。

裁切图像

图 2-55

2.7 实 践 操 作

对图像基础知识、文件的基本操作、修改图像像素、修改画布大小、图像的变换与变形以及裁剪图像有所了解后，本节将针对以上所学知识制作两个案例，分别是用【在 Bridge 中浏览】命令打开文件和使用【透视】命令变换图像。

2.7.1 使用在 Bridge 中浏览命令打开文件

在 Photoshop CS4 中，除了可以使用【打开】命令和【打开为】命令打开文件外，还可以使用【在 Bridge 中浏览】命令打开文件，下面具体介绍用【在 Bridge 中浏览】命令打开文件的方法。

素材文件	实例\第 2 章\素材文件\2-7-1.png
效果文件	实例\第 2 章\效果文件\2-7-1.jpg

第1步 **1.** 选择【文件】主菜单。**2.** 在弹出的菜单中选择【在 Bridge 中浏览】菜单项，如图 2-56 所示。

第2步 进入 Adobe Bridge 界面，双击准备打开的文件，如图 2-57 所示。

图 2-56

双击

图 2-57

第3步 通过上述操作即可用【在 Bridge 中浏览】命令打开文件，如图 2-58 所示。

打开文件

图 2-58

2.7.2 使用透视命令变换图像

【透视】命令属于变换命令中的一种，当从一定角度而不是以平直视角拍摄对象时，会发生透视扭曲。选择【编辑】→【变换】→【透视】菜单项，即可进行使用【透视】命令变换图像的操作，下面予以介绍。

素材文件	实例\第 2 章\素材文件\2-7-2.png
效果文件	实例\第 2 章\效果文件\2-7-2.psd

第1步 将光标定位在四周的控制点上，如右下角点，此时光标变成 ▶ 形状，如图 2-59 所示。

定位光标

图 2-59

第2步 单击并垂直向上拖动鼠标，如图 2-60 所示。

单击并拖动

图 2-60

第3步 释放鼠标，然后按<Enter>键即可使用【透视】命令变换图像，如图 2-61 所示。

完成透视操作

图 2-61

Chapter >> 3

创建与编辑图像选区

本 章 要 点

1. 初识选区
2. 选择几何形状对象
3. 选择非几何形状对象
4. 智能选择工具
5. 选区的基本编辑操作
6. 选区的调整

本章主要内容

　　本章主要介绍了初识选区、选择几何形状对象、选择非几何形状对象和智能选择工具方面的知识与技巧，同时还讲解了选区的基本编辑操作和选区调整方面的知识。在本章的最后还针对实际的工作需求，制作了两个案例，分别是变换和移动选区和用【磁性套索工具】抠像，希望用户通过学习这两个案例的制作过程能够完全掌握创建与编辑图像选区知识。

3.1 初识选区

如果准备对图像部分应用更改，则首先需要选择构成这些部分的像素。通过使用选择工具或通过在蒙版上绘画并将此蒙版作为选区载入，可以在 Adobe Photoshop CS4 中选择像素。

3.1.1 什么是选区

选区用于分离图像的一个或多个部分。通过选择特定区域，可以编辑效果和滤镜并将其应用于图像的局部，同时保持未选定区域不会被改动。图 3-1 所示为月季花图像的选区，如果准备更改月季花的颜色或其滤镜效果等，需要先创建月季花的选区，然后对其进行各种效果设置。

图 3-1

3.1.2 选区的类型

在 Photoshop CS4 中，选区的类型主要分为两种，分别是普通选区和羽化选区。下面分别介绍选区的两种类型。

◆ 普通选区	◆ 羽化选区
普通选区具有清晰的边界，如图 3-2 所示。	羽化选区的边缘带有一种模糊的效果，在编辑图像时，适当地设置羽化可以使图像效果更加真实，如图 3-3 所示。
	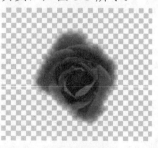
图 3-2	图 3-3

3.2   选择几何形状对象

在 Photoshop CS4 中，选框工具是最基本的选择工具，可以选择矩形、椭圆形和宽度为 1 像素的行和列。

3.2.1   矩形选框工具

在工具箱中选择【矩形选框工具】 □ 后即可进行创建矩形选区操作。下面具体介绍在 Photoshop CS4 中使用【矩形选框工具】选择选区的方法。

第1步   在文档窗口中单击并向右下角拖动鼠标，如图 3-4 所示。　　**第2步**   释放鼠标后即可创建矩形选框选区，如图 3-5 所示。

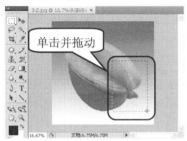

图 3-4

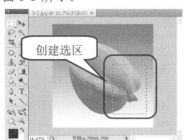

图 3-5

3.2.2   椭圆选框工具

在工具箱中选择【椭圆选框工具】 ○ 后即可进行创建椭圆选区操作。下面具体介绍在 Photoshop CS4 中使用【椭圆选框工具】选择选区的方法。

第1步   在文档窗口中单击并向右下角拖动鼠标，如图 3-6 所示。　　**第2步**   释放鼠标后即可创建椭圆选框选区，如图 3-7 所示。

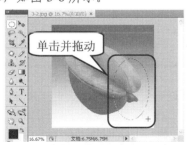

图 3-6

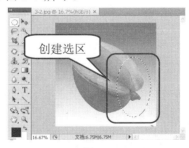

图 3-7

3.2.3   单行选框和单列选框工具

在工具箱中选择【单行选框工具】 ═ 和【单列选框工具】 ▯ 后即可创建 1 像素的单行和单列选区，下面予以介绍。

第1步 **1.** 选择【单行选框工具】▭▭▭。**2.** 在图像文件上单击，如图 3-8 所示。

第2步 通过上述操作即可创建单行选框选区，如图 3-9 所示。

图 3-8

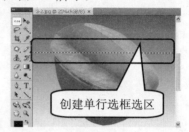

图 3-9

第3步 按<Ctrl>+<D>组合键取消选区。**1.** 选择【单列选框工具】▯。**2.** 在图像文件上单击，如图 3-10 所示。

第4步 通过上述操作即可创建单列选框选区，如图 3-11 所示。

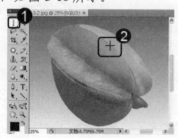

图 3-10

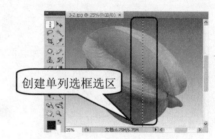

图 3-11

3.3　选择非几何形状对象

在选择创建选区过程中，经常需要创建一些非几何形状的选区，本节将具体介绍使用【套索工具】和【多边形套索工具】选择非几何形状对象的操作。

3.3.1　套索工具

在 Photoshop 中，使用【套索工具】⟋对于绘制选区边框的手绘线段十分有用。下面具体介绍使用【套索工具】⟋选择几何形状对象的方法。

第1步 **1.** 选择【套索工具】⟋。**2.** 将光标移到起始位置，如图 3-12 所示。

第2步 单击并拖动鼠标绘制选区，如图 3-13 所示。

图 3-12

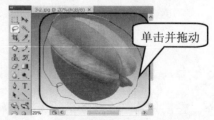

图 3-13

第3步 释放鼠标后即可创建一个封闭的选区，如图 3-14 所示。

图 3-14

知识拓展

在绘制选区的过程中，如果在拖动鼠标时放开鼠标，则会在该点与起点之间创建一条直线为封闭选区。

如果准备移动创建好的选区，可以使用【移动工具】进行移动，右键单击该选区，在弹出的快捷菜单中选择【变换选区】菜单项可以对选区进行调整。

3.3.2 多边形套索工具

在 Photoshop CS4 中，【多边形套索工具】经常用于绘制选区边框的直边线段。下面具体介绍利用【多边形套索工具】绘制非几何形状对象的方法。

第1步 **1.** 选择【多边形套索工具】。
2. 将光标移动到起始位置，如图 3-15 所示。

图 3-15

第2步 单击并拖动鼠标确定选区第二点，如图 3-16 所示。

图 3-16

第3步 单击并拖动鼠标并确定选区第三点、第四点和第五点，如图 3-17 所示。

图 3-17

第4步 释放鼠标后即可创建选区，如图 3-18 所示。

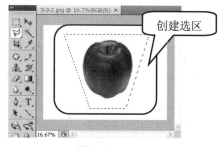

图 3-18

3.4 智能选择工具

在选择图像选区过程中，可以使用智能选择工具快速完成选择选区的工作，如【磁性套索工具】、【快速选择工具】、【魔棒工具】和"色彩范围"菜单项。

3.4.1　磁性套索工具

使用【磁性套索工具】时，边界会对齐图像中定义区域的边缘。【磁性套索工具】不可用于 32 位/通道的图像。【磁性套索工具】特别适用于快速选择与背景对比强烈且边缘复杂的对象。下面予以介绍。

第1步　*1.* 选择【磁性套索工具】 。*2.* 将光标移动到起始位置并单击，如图 3-19 所示。

第2步　释放鼠标，沿花的边缘移动光标到起始位置，此时在光标经过处显示一定数量的锚点，如图 3-20 所示。

图 3-19

图 3-20

第3步　移动光标到起始位置后单击即可封闭选区，如图 3-21 所示。

图 3-21

智慧锦囊

在创建选区过程中，可以按<Delete>键依次删除前面的锚点，按下<Esc>键可以清除所有锚点。

在【对比度】文本框中输入一个介于 1% 和 100% 之间的值。较高的数值将只检测与其周边对比鲜明的边缘，较低的数值将检测低对比度边缘。

3.4.2　快速选择工具

使用【快速选择工具】 可以利用可调整的圆形画笔笔尖快速"绘制"选区。拖动时，选区会向外扩展并自动查找和跟随图像中定义的边缘。

第1步　*1.* 选择【快速选择工具】 。*2.* 将光标移动到起始位置并单击，如图 3-22 所示。

第2步　按住鼠标左键不放，在草莓区域进行拖动即可选择草莓选区，如图 3-23 所示。

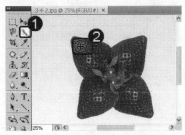

图 3-22

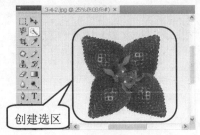

图 3-23

当选择【快速选择工具】❧后，在选项栏中显示与【快速选择工具】相匹配的参数，此时可以在选项栏中设置画笔笔尖大小，即单击【画笔大小】下拉列表框右侧的下拉箭头，在弹出的下拉面板中的【直径】文本框中输入画笔笔尖大小。

3.4.3 魔棒工具

【魔棒工具】❧可以选择颜色一致的区域（例如，一朵红花），而不必跟踪其轮廓。可以基于与单击像素的相似度，为【魔棒工具】的选区指定色彩范围或容差。

第1步 *1.* 选择【魔棒工具】❧。*2.* 在【容差】文本框中输入容差值，如34。*3.* 在空白区域单击，如图 3-24 所示。

第2步 通过上述操作即可利用【魔棒工具】❧创建选区，如图 3-25 所示。

图 3-24

创建选区

图 3-25

不能在位图模式的图像或 32 位/通道的图像上使用【魔棒工具】。在图像中，单击准备选择的颜色。如果已选中【连续】复选框，则容差范围内的所有相邻像素都被选中。否则，将选中容差范围内的所有像素。

可以在选项栏中指定以下任意选项：
- **容差**：确定选定像素的相似点差异。以像素为单位输入一个值，范围介于 0～255 之间。如果值较低，会选择与所单击像素非常相似的少数几种颜色；如果值较高，则会选择范围更广的颜色。
- **消除锯齿**：创建较平滑边缘选区。
- **连续**：只选择使用相同颜色的邻近区域。否则，将会选择整个图像中使用相同颜色的所有像素。
- **对所有图层取样**：使用所有可见图层中的数据选择颜色。否则，【魔棒工具】将只从现用图层中选择颜色。
- **【调整边缘】按钮** [调整边缘...]：单击该按钮，可以进一步调整选区边界或对照不同的背景查看选区或将选区作为蒙版查看。

3.4.4 色彩范围菜单项

【色彩范围】命令选择现有选区或整个图像内指定的颜色或色彩范围。如果准备替换选区，在应用此命令前确保已取消选择所有内容。【色彩范围】命令不可用于 32 位/通道的图像。下面具体介绍利用【色彩范围】菜单项选择选区的方法。

第1步 *1.* 选择【选择】主菜单。*2.* 在弹出的菜单中选择【色彩范围】菜单项，如图 3-26 所示。

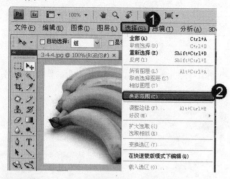

图 3-26

第3步 通过上述操作即可利用【色彩范围】菜单项创建区域，如图 3-28 所示。

创建选区

图 3-28

第2步 *1.* 弹出【色彩范围】对话框，单击【选择】下拉列表框右侧的下拉按钮。*2.* 在弹出的下拉列表中选择【黄色】选项。*3.* 单击【确定】按钮 确定 ，如图 3-27 所示。

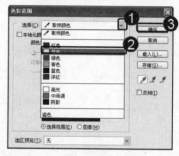

图 3-27

知识拓展

在【选择】下拉列表中选择【取样颜色】列表项，此时光标变成 ✐ 形状，这时可以在图像文件上单击吸取颜色作为图像的选择范围。

【色彩范围】命令不可用于 32 位/通道的图像。如果准备细调现有的选区，可以重复使用【色彩范围】命令选择颜色的子集。

知识精讲

在【色彩范围】对话框中，可以利用吸管吸取图像上的颜色，也可以通过【选择】下拉列表中的列表项选择颜色。如果准备添加颜色，可以选择【加色吸管工具】，并在预览区域或图像中单击；如果准备移去颜色，需要选择【减色吸管工具】并在预览或图像区域中单击。

3.5 选区的基本编辑操作

在图像编辑过程中，经常需要对选区进行全选与反选、取消选择与重新选择、增加和删减选区以及存储和载入选区，本节将进行详细介绍。

3.5.1 全选与反选

使用全选与反选可以快速完成图像的编辑操作，如准备将某图层上的全部图像复制到另一张图像的图层上便可以利用全选功能。下面具体介绍全选与反选的方法。

第1步 **1.** 选择【选择】主菜单。**2.** 在弹出的菜单中选择【全部】菜单项，如图 3-29 所示。

第2步 通过上述操作即可全部选择文档窗口中的选区，如图 3-30 所示。

图 3-29

图 3-30

第3步 利用【磁性套索工具】创建选区，如图 3-31 所示。

第4步 **1.** 选择【选择】主菜单。**2.** 在弹出的菜单中选择【反向】菜单项，如图 3-32 所示。

图 3-31

图 3-32

第5步 通过上述操作即可反向选择选区，如图 3-33 所示。

图 3 33

智慧锦囊

如果按<Ctrl>+<A>组合键可以快速选择当前窗口中的全部图像。

如果按<Shift>+<Ctrl>+<I>组合键可以进行反选选区操作。

3.5.2 取消选择与重新选择

取消选择是指取消选中当前的选区，重新选择是指将取消选中的选区再次进行显示。下面具体介绍取消选择与重新选择的方法。

第1步 利用【磁性套索工具】创建选区，如图 3-34 所示。

第2步 *1.* 选择【选择】主菜单。*2.* 在弹出的菜单中选择【取消选择】菜单项，如图 3-35 所示。

图 3-34

图 3-35

第3步 通过上述操作即可取消选区，如图 3-36 所示。

第4步 *1.* 选择【选择】主菜单。*2.* 在弹出的菜单中选择【重新选择】菜单项，如图 3-37 所示。

图 3-36

图 3-37

第5步 通过上述操作即可重新选择选区，此时文档窗口中的选区再次显示，如图 3-38 所示。

图 3-38

智慧锦囊

如果按<Ctrl>+<D>组合键可以快速取消选区。

如果按<Shift>+<Ctrl>+<D>组合键可以进行重新选择选区操作。

3.5.3　增加、删减和相交选区

如果当前的文档窗口中包含选区，可以使用选区选取工具继续创建新选区，可以在选项栏中设置选区的运算方式，如增加、删减选区和与选区交叉，下面予以介绍。

第1步 *1.* 选择【椭圆选框工具】○。*2.* 在文档窗口中创建选区。*3.* 在选项栏中单击【添加到选区】按钮■，如图 3-39 所示。

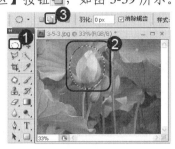

图 3-39

第2步 光标显示为 + 形状，此时在图像上单击并拖动选区，如图 3-40 所示。

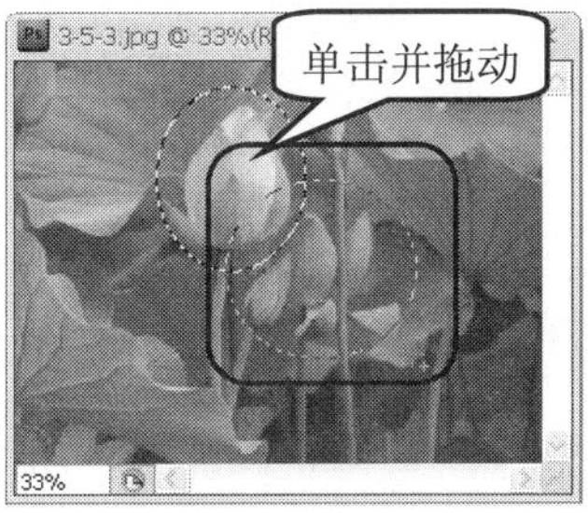

图 3-40

第3步 通过上述操作即可增加选区，如图 3-41 所示。

图 3-41

第4步 在工具选项栏中单击【从选区减去】按钮■，如图 3-42 所示。

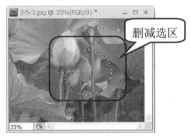

图 3-42

第5步 光标显示为 + 形状，此时在图像上单击并拖动选区，如图 3-43 所示。

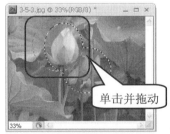

图 3-43

第6步 通过上述操作即可在原有选区中减去当前创建的选区，如图 3-44 所示。

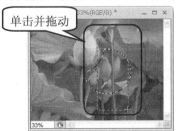

图 3-44

第7步 *1.* 选择【矩形选框工具】□。*2.* 单击【与选区相交】按钮■，如图 3-45 所示。

图 3-45

第8步 光标显示为 +× 形状，此时在图像上单击并拖动选区，如图 3-46 所示。

图 3-46

第9步 通过上述操作即可创建与当前选区相交的选区，如图 3-47 所示。

图 3-47

智慧锦囊

如果当前图像包含选区，则使用选区工具继续创建选区时，按住<Shift>键可以在当前选区上添加选区，按住<Alt>键可以在当前选区中减去绘制的选区，选区按住<Shift>+<Alt>键可以得到与当前选区相交的选区。

3.5.4 存储和载入选区

可以将任何选区存储为新的或现有的Alpha通道中的蒙版，然后从该蒙版重新载入选区。通过载入选区使其处于现用状态，然后添加新的图层蒙版，可将选区用做图层蒙版。下面具体介绍存储和载入选区的方法。

第1步 **1.** 创建选区。**2.** 选择【选择】主菜单。**3.** 在弹出的菜单中选择【存储选区】菜单项，如图 3-48 所示。

第2步 **1.** 弹出【存储选区】对话框，在【名称】文本框中输入准备存储选区的名称。**2.** 单击【确定】按钮 ⌷确定⌷，如图 3-49 所示。

图 3-48

图 3-49

第3步 通过上述操作即可存储选区，此时【通道】面板中将显示已存储的选区，如图 3-50 所示。

第4步 **1.** 取消当前图像中的选区。**2.** 选择【选择】主菜单。**3.** 在弹出的菜单中选择【载入选区】菜单项，如图 3-51 所示。

图 3-50

图 3-51

第5步 *1.* 弹出【载入选区】对话框，在【通道】下拉列表中选择【头部】列表项。*2.* 选择【反相】复选框。*3.* 单击【确定】按钮 确定，如图 3-52 所示。

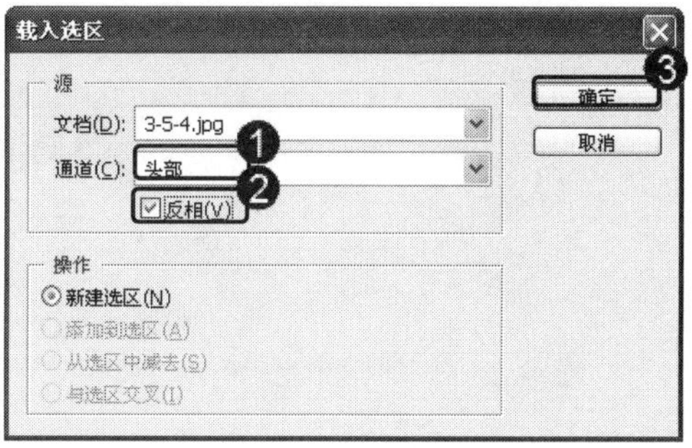

第6步 通过上述操作即可以反相的方法载入"头部"选区，如图 3-53 所示。

图 3-52

图 3-53

3.6　选区的调整

在创建选区过程中，可以根据需要随时对选区进行调整，如扩展或收缩选区、边界化或平滑选区以及羽化选区边缘。

3.6.1　扩展或收缩选区

扩展是指对当前的选区进行扩展，收缩选区是指对当前的选区进行缩小。下面具体介绍扩展和收缩选区的方法。

第1步 *1.* 在文档窗口中创建图像选区。*2.* 选择【选择】主菜单。*3.* 在弹出的菜单中选择【修改】菜单项。*4.* 在弹出的子菜单中选择【扩展】子菜单项，如图 3-54 所示。

第2步 *1.* 弹出【扩展选区】对话框，在【扩展量】文本框中输入准备设置的像素值。*2.* 单击【确定】按钮 确定，如图 3-55 所示。

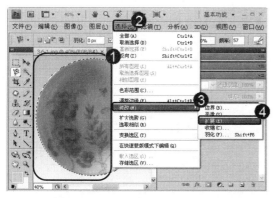

图 3-54

知识拓展

"扩展量"的取值范围是从 1 像素～100 像素。选区边框中沿画布边缘分布的任何部分不受影响。

图 3-55

第3步 通过上述操作即可扩展当前的选区，如图 3-56 所示。

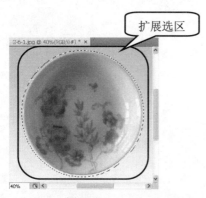

图 3-56

第4步 **1.** 选择【选择】主菜单。**2.** 在弹出的菜单中选择【修改】菜单项。**3.** 在弹出的子菜单中选择【收缩】子菜单项，如图 3-57 所示。

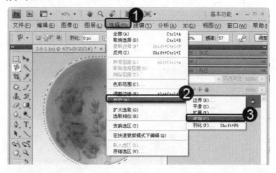

图 3-57

第5步 **1.** 弹出【收缩选区】对话框，在【收缩量】文本框中输入准备设置的像素值。**2.** 单击【确定】按钮 确定 ，如图 3-58 所示。

图 3-58

第6步 通过上述操作即可收缩当前的选区，如图 3-59 所示。

图 3-59

3.6.2 边界化或平滑选区

边界化选区是指将选区的边界向内部或外部扩展，扩展后的边界与原来的边界形成新的边界；而平滑选区是指减少选区边界中的不规则区域（"山峰和低谷"），以创建更加平滑的轮廓。下面具体介绍边界化或平滑选区的方法。

第1步 **1.** 创建选区。**2.** 选择【选择】主菜单。**3.** 选择【修改】菜单项。**4.** 选择【边界】子菜单项，如图 3-60 所示。

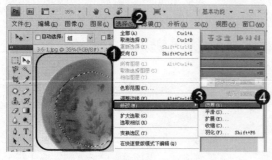

图 3-60

第2步 **1.** 弹出【边界选区】对话框，在【宽度】文本框中输入准备设置的像素值。**2.** 单击【确定】按钮 确定 ，如图 3-61 所示。

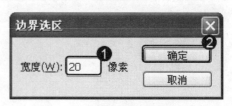

图 3-61

第3步 通过上述操作即可创建边界化选区，如图3-62所示。

第4步 *1.* 创建选区。*2.* 选择【选择】主菜单。*3.* 选择【修改】菜单项。*4.* 选择【平滑】子菜单项，如图3-63所示。

图 3-62

图 3-63

第5步 *1.* 弹出【平滑选区】对话框，在【取样半径】文本框中输入准备设置的像素值。*2.* 单击【确定】按钮 ▭确定▭ ，如图 3-64 所示。

第6步 通过上述操作即可平滑过渡选区，如图3-65所示。

图 3-64

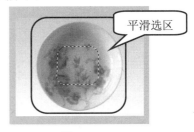

图 3-65

3.6.3 羽化选区边缘

羽化选区边缘是指通过消除锯齿来平滑硬边缘的一种方法。下面具体介绍羽化选区边缘的操作方法。

第1步 *1.* 创建选区。*2.* 选择【选择】主菜单。*3.* 在弹出的菜单中选择【修改】菜单项。*4.* 在弹出的子菜单中选择【羽化】子菜单项，如图3-66所示。

第2步 *1.* 弹出【羽化选区】对话框，在【羽化半径】文本框中输入准备设置的像素值。*2.* 单击【确定】按钮 ▭确定▭ ，如图 3-67 所示。

图 3-67

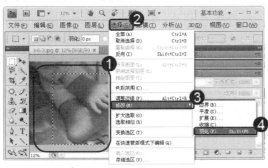

图 3-66

知识拓展

如果选区小而羽化半径大，则小选区可能变得非常模糊，以致看不到并因此不可选。

第3步 在【图层】面板中双击【锁定】图标，如图 3-68 所示。

双击

图 3-68

第4步 弹出【新建图层】对话框，在【名称】文本框中输入准备图层的名称，在此使用默认名称，单击【确定】按钮，如图 3-69 所示。

单击

图 3-69

第5步 此时 "背景" 图层更改为 "图层0"，按<Ctrl>+<Shift>+<I>组合键，以反选当前选区如图 3-70 所示。

反选

图 3-70

第6步 连续按几次<Delete>键进行删除操作，直到羽化效果明显为止，如图 3-71 所示。

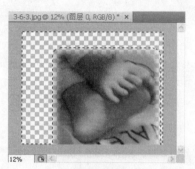

图 3-71

第7步 按<Ctrl>+<D>组合键取消选区即可完成羽化操作，如图 3-72 所示。

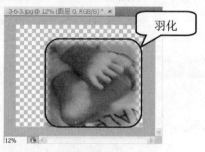

羽化

图 3-72

智慧锦囊

按<Shift>+<F6>组合键可以快速调出【羽化选区】对话框，以进行羽化操作。

实用技巧

羽化值增大将增加与其周围像素之间的柔化，值降低会减小效果与其周围像素之间的柔化。

3.7 实践操作

对选区、选择几何形状对象、选择非几何形状对象、智能选择工具、选区的基本编辑操作和选区的调整等内容有所了解后，本节将针对以上所学知识制作两个案例，分别是移动、变换选区和使用【磁性套索工具】抠像。

3.7.1　变换和移动选区

在 Photoshop CS4 中使用移动和变换选区命令，可以对选区进行位置调整和大小、旋转等设置，下面予以介绍。

素材文件	实例\第 3 章\素材文件\3-7-1.jpg
效果文件	实例\第 3 章\效果文件\3-7-1.jpg

第1步 *1.* 创建选区。*2.* 选择【选择】主菜单。*3.* 在弹出的菜单中选择【变换选区】菜单项，如图 3-73 所示。

第2步 将光标定位在控制点的右下角处，如图 3-74 所示。

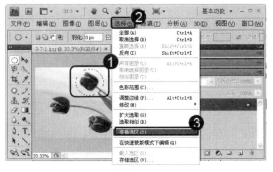

图 3-73

图 3-74

第3步 按下<Shift>键的同时，单击并拖动光标即可等比例缩放选区，如图 3-75 所示。

第4步 按下<Ctrl>键的同时，单击并向左拖动光标，以进行扭曲操作，如图 3-76 所示。

图 3-75

图 3-76

第5步 按<Enter>键退出自由变换操作，然后利用【移动工具】移动当前的选区到合适的位置，如图 3-77 所示。

第6步 按<Ctrl>+<D>组合键取消选区，即可完成变换和移动选区操作，如图 3-78 所示。

图 3-77

图 3-78

3.7.2　使用磁性套索工具抠像

前面已经讲述了【磁性套索工具】的相关知识，本节将继续巩固该方面的知识，练习用【磁性套索工具】抠像的方法。

素材文件	实例\第 3 章\素材文件\3-7-2.jpg
效果文件	实例\第 3 章\效果文件\3-7-2.psd

第1步　*1.* 选择【磁性套索工具】。*2.* 将光标移动到起始位置并单击，如图 3-79 所示。

图 3-79

第3步　到创建选区的锚点起始位置后单击鼠标即可封闭选区，如图 3-81 所示。

图 3-81

第2步　释放鼠标，沿人物的边缘移动光标到起始位置，此时在光标经过处显示一定数量的锚点，如图 3-80 所示。

图 3-80

第4步　存储选区后在【通道】面板中将显示已创建的选区，如图 3-82 所示。

图 3-82

Chapter >> 4

绘制与修饰图像

本 章 要 点

1. 颜色的设置和选取
2. 画笔面板
3. 绘画工具
4. 填充工具
5. 修饰工具

本章主要内容

　　本章主要介绍颜色的设置和选取、画笔面板、绘画工具、填充工具方面的知识与技巧，同时还讲解加深和减淡工具、模糊和锐化工具、涂抹工具、海绵工具、仿制图章和图案图章工具方面的知识与技巧。在本章的最后还针对实际的工作需求，制作了两个案例，分别是绘制纸袋和草地，希望用户通过学习这两个案例的制作过程能够完全掌握绘制与修饰图像方面的知识。

4.1 颜色的设置和选取

在进行绘制图像之前，需要先设置好图像的颜色，本节将具体介绍设置前景和背景色、使用【颜色】面板、使用【吸管工具】和使用【色板】面板方面的知识与技巧。

4.1.1 设置前景和背景色

Photoshop 使用前景色来绘画、填充和描边选区，使用背景色来生成渐变填充和在图像已抹除的区域中填充，一些特殊效果滤镜也使用前景色和背景色，当前的前景色显示在工具箱上面的颜色选择框中，当前的背景色显示在下面的框中，如图 4-1 所示工具箱中的【前景色】框和【背景色】框。

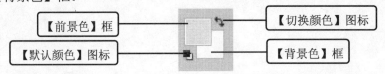

图 4-1 前景色和背景色

【前景色】框：如果准备反转前景色和背景色，可以单击工具箱中的【切换颜色】图标 ↘。

【默认颜色】图标：默认前景色是黑色，默认背景色是白色。如果准备更改前景色，可以单击工具箱中靠上的颜色选择框，然后在 Adobe 拾色器中选取一种颜色。

【切换颜色】图标：如果准备更改背景色，可以单击工具箱中靠下的颜色选择框，然后在 Adobe 拾色器中选取一种颜色。

【背景色】框：如果准备恢复默认的前景色和背景色，可以单击工具箱中的【默认颜色】图标 ▪。

在 Photoshop CS4 中默认前景色是黑色，默认背景色是白色。（在 Alpha 通道中，默认前景色是白色，默认背景色是黑色。）下面以将前景色切换为"蓝色"为例，介绍设置前景色和背景色的方法。

第1步 在【工具】面板中单击前景色框，如图 4-2 所示。

第2步 **1.** 弹出【拾色器】对话框，向上移动【颜色】滑块。**2.** 在拾色框中拾取颜色。**3.** 单击【确定】按钮 确定，如图 4-3 所示。

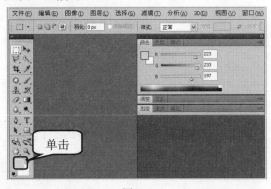

图 4-2

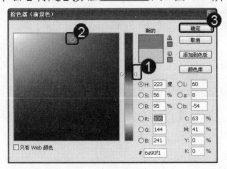

图 4-3

第3步 通过上述操作即可设置前景色为"蓝色"，如图 4-4 所示。

图 4-4

4.1.2 使用颜色面板

在 Photoshop CS4 中可以使用【颜色】面板设置准备应用的颜色，下面具体介绍使用【颜色】面板的操作方法。

第1步 **1.** 选择【窗口】主菜单。**2.** 在弹出的下拉菜单中选择【颜色】菜单项，如图 4-5 所示。

图 4-5

第3步 通过上述操作即可采集色样，此时【颜色】面板中的 R、G 颜色和前景色都进行了更改，如图 4-7 所示。

图 4-7

第2步 打开【颜色】面板，将指针放在四色曲线图上，指针变成吸管状 ，然后单击，如图 4-6 所示。

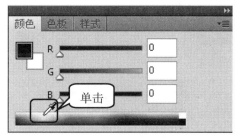

图 4-6

4.1.3 使用吸管工具

根据需要还可以使用【吸管工具】 ✐ 采集色样以指定新的前景色或背景色，可以从现用图像或屏幕上的任何位置采集色样，下面具体介绍使用【吸管工具】 ✐ 设置颜色的方法。

第1步 *1.* 选择【吸管工具】 ✐。*2.* 在图像中采集取样点，如图 4-8 所示。

第2步 完成使用【吸管】工具 ✐ 设置颜色操作，此时在【颜色】面板中显示取样点大小，如图 4-9 所示。

图 4-8

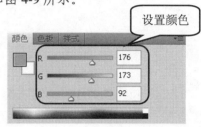

图 4-9

4.1.4 使用色板面板

使用【色板】面板同样可以设置颜色，下面以在【色板】面板中采取"黄色"色样为例，练习使用【色板】面板设置前景色的方法。

第1步 *1.* 选择【色板】面板。*2.* 单击准备设置的一个颜色色样，如图 4-10 所示。

第2步 通过上述操作即可设置前景色为"黄色"，如图 4-11 所示。

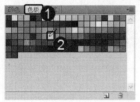

图 4-10

图 4-11

> **知识精讲**
>
> 在【色板】面板中单击【新建色板】按钮 ▣，可以将设置的颜色添加到【色板】面板中，如果准备删除已添加的颜色，可以将已添加的颜色拖动到【删除】图标 🗑。

4.2 画 笔 面 板

在 Photoshop CS4【画笔】面板是一种经常使用的面板工具，可以用来设置各种绘画工具、图像修改工具、擦除工具和模糊工具等选项，即在每种工具的选项栏中，都可以从预设画笔笔尖中选取笔尖，并进行相应的设置，本节将具体介绍了解画笔面板、画笔预设和画笔的选项设定。

4.2.1 了解画笔面板

在使用【画笔】面板进行工作之前，需要先了解一下有关【画笔】面板方面的知识与技巧，选择【窗口】→【画笔】菜单项，或按<F5>键都可以调出【画笔】面板，如图 4-12 所示。

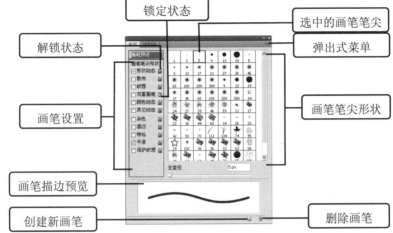

图 4-12

- **画笔设置**：选中【画笔设置】中的选项，面板中右侧将显示该选项的详细内容，可以用来改变画笔的大小和形状等。
- **锁定/解锁状态**：【锁定】图标显示为 🔒 状态，【解锁】图标显示为 🔓 状态，表示当前画笔的笔尖形状属性，单击【锁定】图标 🔒 可以进行解锁，单击【解锁】图标 🔓 可以进行锁定。
- **选中的画笔笔尖**：表示当前应用的画笔笔尖。
- **弹出式菜单**：单击该按钮将弹出画笔面板菜单，然后根据需要可以设置相应选项，如重命名画笔、删除画笔、纯文本和小缩略图等。
- **画笔笔尖形状**：显示了 Photoshop CS4 提供的预设画笔笔尖，选择一个笔尖后，可在【画笔描边预览】选项中预览该笔尖的形状。
- **画笔描边预览**：用于显示当前所用画笔的效果。
- **创建新画笔**：如果对一个预设的画笔进行了更改，可以通过单击该图标将其保存为一个新的预设画笔。
- **删除画笔**：在【画笔】面板中选择画笔并单击【删除】图标 🗑，或将画笔拖动到【删除】图标 🗑 上即可删除画笔。

知识精讲

在【画笔】面板中，在【画笔笔尖形状】列表框中双击任意一个预设画笔笔尖，将弹出【画笔名称】对话框，在【名称】文本框中输入准备设置的名称，然后单击【确定】按钮 确定 ，即可重命名预设画笔名称。

在使用绘画工具或修饰工具时，如果不准备对画笔做出更多的调整，可以单击工具选项栏右侧【画笔】选项右侧的下拉按钮·，在弹出的下拉面板中也可以进行选择笔尖、调整直径和硬度操作，如图 4-13 所示。

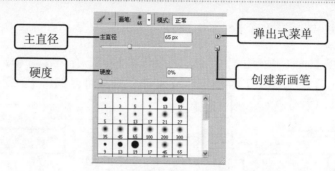

图 14-13

- **主直径**：拖动滑块或在【主直径】文本框中输入数值都可以调整画笔笔尖大小。
- **硬度**：拖动滑块或在【硬度】文本框中输入数值都可以调整画笔笔尖的硬度。
- **弹出式菜单**：单击该按钮将弹出画笔面板菜单，然后可以设置相应选项，如重命名画笔、删除画笔、纯文本和小缩略图等。
- **创建新画笔**：单击该按钮可以进行新建画笔操作。

4.2.2 画笔预设

预设画笔是一种存储的画笔笔尖，带有诸如大小、形状和硬度等定义的特性。可以使用常用的特性来存储预设画笔，也可以为画笔工具存储工具预设，还可以从选项栏中的【工具预设】菜单中选择这些工具预设。下面具体介绍使用画笔预设功能绘制"枫叶"的方法。

第1步 1. 新建画布。2. 选择【画笔工具】 3. 选择【窗口】主菜单。4. 在弹出的菜单中选择【画笔】菜单项，如图4-14所示。

第2步 1. 打开【画笔】面板，选择准备应用的画笔笔尖。2. 拖动滑块调整直径大小。3. 拖动滑块调整枫叶之间的距离，如图4-15所示。

图 4-14

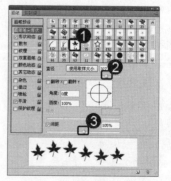

图 4-15

第3步 在画布中单击并拖动鼠标即可利用预设画笔绘制枫叶，如图4-16所示。

绘制枫叶

图 4-16

知识拓展

如果在【画笔】面板中选中【翻转 X】复选框和【翻转 Y】复选框，可以设置"枫叶"在 X 轴和 Y 轴上的方向。

4.2.3 画笔选项的设定

如果准备对预设的画笔进行修改，如调整画笔的直径、角度、圆度和间距等笔尖形状特性，可以选择【画笔笔尖形状】选项，然后在右侧的【画笔笔尖形状】列表框中选择相应的笔尖形状、设置画笔的直径大小、改变画笔笔尖在 x 轴和 y 轴上的方向等，如图 4-17 所示。使用普通的画笔笔尖绘制的效果如图 4-18 所示。使用改变形状后的画笔笔尖绘制的效果图如图 4-19 所示。

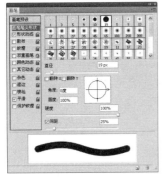
图 4-17

图 4-18

图 4-19

- **直径**：用于控制画笔大小。可输入以像素为单位的值，或拖动滑块。
- **使用取样大小**：可以将画笔复位到它的原始直径。只有在画笔笔尖形状是通过采集图像中的像素样本创建的情况下，此选项才可用。
- **翻转 X**：用于改变画笔笔尖在其 x 轴上的方向。
- **翻转 Y**：用于改变画笔笔尖在其 y 轴上的方向。
- **角度**：用于指定椭圆画笔或样本画笔的长轴从水平方向旋转的角度。可键入度数或在预览框中拖动水平轴。
- **圆度**：用于指定画笔短轴和长轴之间的比率。输入百分比值，或在预览框中拖动点。100% 表示圆形画笔，0% 表示线性画笔，介于两者之间的值表示椭圆画笔。
- **硬度**：用于控制画笔硬度中心的大小。键入数字，或者使用滑块输入画笔直径的百分比值。不能更改样本画笔的硬度。
- **间距**：用于控制描边中两个画笔笔迹之间的距离。如果要更改间距，需要键入数字，或使用滑块输入画笔直径的百分比值。当取消选择此选项时，光标的速度将确定间距。

知识精讲

当使用预设画笔时，按< [>键可减小画笔宽度；按<] >键可增加宽度。对于硬边圆、柔边圆和书法画笔，按<Shift>+< [>组合键可减小画笔硬度；按<Shift>+<] >组合键可增加画笔硬度。

在 Photoshop CS4 中还可以设置画笔的其他选项，如"画笔形状动态"、"画笔散布"、"纹理画笔选项"、"双重画笔"、"颜色动态画笔选项"、"其他动态画笔选项"和"其他画笔选项"等。下面分别介绍它们的主要功能与用途。

- **形状动态**：形状动态决定描边中画笔笔迹的变化。
- **散布**：画笔散布可确定描边中笔迹的数目和位置。
- **纹理**：纹理画笔利用图案使描边看起来像是在带纹理的画布上绘制的一样。

- **双重画笔**：双重画笔组合两个笔尖来创建画笔笔迹，它将在主画笔的画笔描边内应用第二个画笔纹理；仅绘制两个画笔描边的交叉区域。在【画笔】面板的【画笔笔尖形状】部分设置主要笔尖的选项。
- **颜色动态**：该选项决定描边路线中油彩颜色的变化方式。
- **其他动态**：该选项确定油彩在描边路线中的改变方式。
- **杂色**：为个别画笔笔尖增加额外的随机性。当应用于柔画笔笔尖（包含灰度值的画笔笔尖）时，此选项最有效。
- **湿边**：沿画笔描边的边缘增大油彩量，从而创建水彩效果。
- **喷枪**：将渐变色调应用于图像，同时模拟传统的喷枪技术。【画笔】面板中的【喷枪】选项与工具选项栏中的【喷枪】选项相对应。
- **平滑**：在画笔描边中生成更平滑的曲线。当使用光笔进行快速绘画时，此选项最有效；但是它在描边渲染中可能会导致轻微的滞后。
- **保护纹理**：将相同图案和缩放比例应用于具有纹理的所有画笔预设。选择此选项后，在使用多个纹理画笔笔尖绘画时，可以模拟出一致的画布纹理。

4.3 绘画工具

绘画可以更改图像像素的颜色。通过使用绘画工具和技术，可以修饰图像、创建或编辑Alpha 通道上的蒙版，以及绘制原始图稿。通过使用画笔笔尖、画笔预设和许多画笔选项，可以发挥自己的创造力以产生精美的绘画效果，或模拟使用传统介质进行绘画。

4.3.1 画笔工具

【画笔工具】可在图像上绘制当前的前景色，可创建颜色的柔和描边。下面具体介绍在Photoshop CS4 中使用【画笔工具】绘制与编辑图像的方法。

第1步 *1.* 选择【画笔工具】✐ 后，单击【画笔】选项右侧的下拉按钮 ▪。*2.* 在弹出的下拉菜单中选择准备应用的预设画笔。*3.* 在【主直径】文本框中输入直径大小，如 30，如图 4-20 所示。

第2步 在最右侧的花瓶中单击即可为花瓶填充星形图案，如图 4-21 所示。

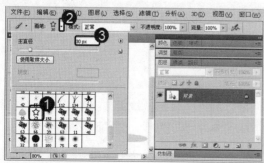

图 4-20

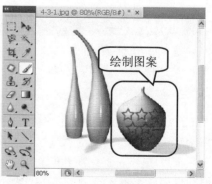

图 4-21

绘制与修饰图像

第3步 **1.** 在工具选项栏的【模式】下拉列表中选择【叠加】列表项。**2.** 调整 "不透明度" 值为 61%，如图 4-22 所示。

第4步 在处于中间位置的花瓶上单击鼠标，即可绘制出模式为 "叠加" 且 "不透明度" 值为 61% 的图案，如图 4-23 所示。

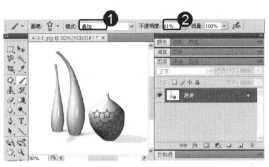

图 4-22

图 4-23

知识精讲

如果准备绘制直线，可以在图像中单击指定起点后，按下 <Shift> 键同时并单击下一点即可绘制直线。将【画笔工具】用做喷枪时，单击鼠标左键（不拖动）可增大颜色量。

4.3.2 铅笔工具

使用【铅笔】工具可以创建硬边直线，与【画笔】工具一样可以在当前图像上绘制前景色。下面具体介绍使用【铅笔】工具绘制前景色的方法。

第1步 **1.** 设置前景色。**2.** 选择【铅笔工具】 ✐ 。**3.** 在【画笔预设】选取器中选择准备应用的预设画笔。**4.** 将光标定位在准备绘制图像的起点上，如图 4-24 所示。

第2步 单击并拖动光标即可利用【铅笔工具】 ✐ 绘制前景色，如图 4-25 所示。

图 4-24

图 4-25

4.3.3 橡皮擦工具

【橡皮擦工具】可将像素更改为背景色或透明。如果正在背景中或已锁定透明度的图层中工作，像素将更改为背景色；否则，像素将被抹成透明状态。下面具体介绍如何使用【橡皮擦工具】。

第1步 **1.** 设置前景色与背景色为默认颜色。**2.** 选择【橡皮擦工具】  **3.** 在【画笔预设】选取器中选择准备应用的预设画笔，如图 4-26 所示。

第2步 在图像上单击并拖动鼠标即可擦除图像，如图 4-27 所示。

图 4-26

图 4-27

4.3.4 背景橡皮擦工具

【背景橡皮擦工具】可在拖动时将图层上的像素抹成透明状态，从而可以在抹除背景的同时在前景中保留对象的边缘。通过指定不同的取样和容差选项，可以控制透明度的范围和边界的锐化程度。下面具体介绍使用【背景橡皮擦工具】的方法。

第1步 **1.** 选择【背景橡皮擦工具】 。**2.** 在【画笔预设】选取器中选择准备应用的预设画笔。**3.** 将光标定位在准备绘制图像的起点上，如图 4-28 所示。

第2步 在图像上单击并拖动鼠标即可擦除图像，如图 4-29 所示。

图 4-28

图 4-29

知识精讲

在使用【背景橡皮擦工具】 擦除背景时，将光标定位在图像上，光标将变成圆形，并且圆形中心显示一条十字线，在擦除图像时，Photoshop CS4 将采取十字线位置的颜色，并将圆形区域附近类似的颜色擦除。

4.3.5　魔术橡皮擦工具

　　使用【魔术橡皮擦工具】在图层中单击时，该工具会将所有相似的像素更改为透明状态。如果在已锁定透明度的图层中工作，这些像素将更改为背景色。如果在背景中单击，则将背景转换为图层并将所有相似的像素更改为透明状态。下面具体介绍使用【魔术橡皮擦工具】的方法。

第1步　*1.* 选择【魔术橡皮擦工具】。*2.* 设置"容差"值为15。*3.* 选中【消除锯齿】复选框。*4.* 选中【连续】复选框，如图4-30所示。

第2步　将光标定位在图像的背景上，连续单击即可擦除背景，如图4-31所示。

图 4-30

图 4-31

4.4　填 充 工 具

　　在 Photoshop CS4 中，可以通过填充工具对图像进行填充，常用的填充工具有【油漆桶工具】、【渐变工具】和描边工具。

4.4.1　油漆桶工具

　　【油漆桶工具】可使用前景色填充着色相近的区域，它不能用于位图模式的图像。下面具体介绍使用【油漆桶工具】的方法。

第1步　*1.* 设置前景色。*2.* 选择【油漆桶工具】。*3.* 单击准备填充的图像部分，如图4-32所示。

第2步　通过上述操作即可填充指定图像的背景，如图4-33所示。

图 4-32

图 4-33

4.4.2 渐变工具

渐变工具可以创建多种颜色间的逐渐混合，可以从预设渐变填充中选取或创建自己的渐变，在工具箱中选择【渐变工具】 ■■ 后，在工具选项栏中将显示渐变的各个参数，如图 4-34 所示。

图 4-34

- **渐变颜色条**：渐变颜色条中显示了当前的渐变颜色，单击右侧的下拉按钮，将弹出下拉面板，可以在该面板中选择预设的渐变。双击该颜色条，可打开【渐变编辑器】对话框。
- **渐变类型**：单击【线性渐变】按钮 ■ 可以以直线从起点渐变到终点。单击【径向渐变】按钮 ■ 可以以圆形图案从起点渐变到终点。单击【角度渐变】按钮 ■ 围绕起点以逆时针扫描方式渐变。单击【对称渐变】按钮 ■ 使用均衡的线性渐变在起点的任一侧渐变。单击【菱形渐变】按钮 ■ 以菱形方式从起点向外渐变，终点定义菱形的一个角。
- **模式**：用于设置应用渐变的混合模式，如"正常"、"溶解"、"背后"和"变暗"等。
- **不透明度**：用于设置渐变效果的不透明度。
- **反向**：用于转换渐变中的颜色顺序，得到反向的渐变结果。
- **仿色**：用较小的带宽创建较平滑的混合，可防止打印时出现条带化现象。但在屏幕上并不能明显地体现出仿色的作用。
- **透明区域**：选中该复选框可创建透明渐变，取消选中该复选框可创建实色渐变。

知识精讲

将指针定位在图像中要设置为渐变起点的位置，然后拖动以定义终点。要将线条角度限定为 45° 的倍数，可以在拖动时按住<Shift>键。在【渐变编辑器】对话框中单击【存储】按钮，或从工具选项栏中的【渐变】拾色器菜单中选取【存储渐变】选项。

了解了【渐变】工具的各个参数后，下面以使用"渐变编辑器"对话框为例，介绍使用渐变工具的方法。

第1步 **1.** 新建图像文件。**2.** 在工具箱中选择【渐变工具】 ■。**3.** 在工具选项栏中双击渐变颜色条，如图 4-35 所示。

第2步 弹出【渐变编辑器】对话框，双击【色标】图标 ■，如图 4-36 所示。

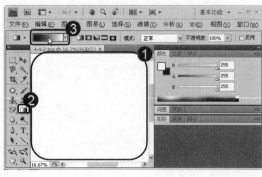

图 4-35

图 4-36

第3步 *1.* 弹出【选择色标颜色】对话框，拾取准备应用的颜色。*2.* 单击【确定】按钮 确定 ，如图 4-37 所示。

图 4-37

第4步 返回到【渐变编辑器】对话框中，单击【新建】按钮 新建(W) ，如图 4-38 所示。

图 4-38

第5步 *1.* 在【预设】列表框中显示创建的渐变颜色。*2.* 单击【确定】按钮 确定 ，如图 4-39 所示。

图 4-39

第6步 *1.* 在工具选项栏中单击【菱形渐变】按钮 。*2.* 在图像上单击指定起点并向下拖动鼠标，如图 4-40 所示。

图 4-40

第7步 释放鼠标即可填充图像，如图 4-41 所示。

填充图像

图 4-41

知识拓展

在【渐变编辑器】对话框中新建渐变颜色后，单击【存储】按钮 存储(S)... 可以保存渐变，单击【载入】按钮 载入(L)... 可以载入已保存的渐变。

实用技巧

【渐变工具】不能用于位图或索引颜色图像。

4.4.3 描边

可以使用【描边】命令在选区、路径或图层周围绘制彩色边框，如果按此方法创建边框，则该边框将变成当前图层的栅格化部分。下面以在图层中绘制彩色边框为例来介绍描边的方法。

第1步 在【图层】面板中选择"图层1"，如图 4-42 所示。

> **知识拓展**
> 如果在背景图像上创建了选区，也可以进行描边操作。

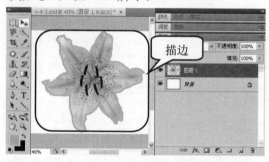

图 4-42

第3步 通过上述操作即可为百合花的边缘描边，如图 4-44 所示。

图 4-44

第2步 选择【编辑】→【描边】菜单项，弹出【描边】对话框，*1.* 在【宽度】文本框中输入描边的宽度。*2.* 选择准备应用的描边颜色，如"绿色"。*3.* 选中【居中】单选按钮。*4.* 单击【确定】按钮，如图 4-43 所示。

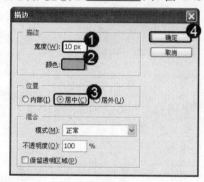

图 4-43

> **知识拓展**
> 如果图层内容填充整个图像，则在图层外部应用的描边将不可见。

> **实用技巧**
> 如果准备创建如叠加一样打开或关闭的形状或图层边框，并对它们消除锯齿以创建具有柔化边缘的角和边缘，需要使用【描边】图层效果而不是【描边】命令。

4.5 修饰工具

在 Photoshop CS4 中，可以使用模糊、锐化、涂抹、海绵、仿制图章和图案图章工具对图像进行修饰，以改善图像的细节、色调以及色彩饱和度等。

4.5.1 减淡和加深工具

【减淡工具】和【加深工具】基于用于调节照片特定区域的曝光度的传统摄影技术，可使图像区域变亮或变暗。摄影师可遮挡光线以使照片中的某个区域变亮（减淡），或增加曝光度以使照片中的某些区域变暗（加深），用【减淡工具】或【加深工具】在某个区域上方绘制的次数越多，该区域就会变得越亮或越暗。下面具体介绍减淡和加深图像的操作方法。

第1步 *1.* 选择【减淡工具】🔍。*2.* 在工具选项栏中设置预设画笔的属性。*3.* 设置"曝光度"值为 50％，如图 4-45 所示。

图 4-45

第2步 在图像上单击并拖动鼠标即可减淡图像，如图 4-46 所示。

图 4-46

第3步 *1.* 选择【加深工具】✍。*2.* 在工具选项栏中设置预设画笔的大小，如图 4-47 所示。

图 4-47

第4步 通过上述操作即可加深图像文件，如图 4-48 所示。

图 4-48

4.5.2 模糊和锐化工具

　　【模糊工具】可柔化硬边缘或减少图像中的细节，使用此工具在某个区域上方绘制的次数越多，该区域就越模糊。【锐化工具】用于增加边缘的对比度以增强外观上的锐化程度，使用该工具在某个区域上方绘制的次数越多，增强的锐化效果就越明显。下面具体介绍使用模糊和锐化工具修饰工具的方法。

第1步 *1.* 选择【模糊工具】💧。*2.* 在工具选项栏中设置预设画笔的属性，如图 4-49 所示。

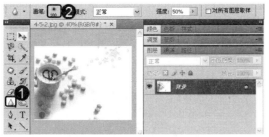

图 4-49

第2步 在图像上反复单击并拖动鼠标即可模糊显示当前的图像，如图 4-50 所示。

图 4-50

第3步 *1.* 选择【锐化工具】△。*2.* 在工具选项栏中设置预设画笔的属性,如图4-51所示。

第4步 在图像上反复单击并拖动鼠标即可锐化显示当前的图像,如图4-52示。

图 4-51

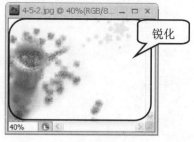

图 4-52

4.5.3 涂抹工具

【涂抹工具】模拟将手指拖过湿油漆时所看到的效果,该工具可拾取描边开始位置的颜色,并沿拖动的方向展开这种颜色。下面具体介绍使用【涂抹工具】的方法。

第1步 *1.* 选择【涂抹工具】 。*2.* 在工具选项栏中设置预设画笔的属性,如图4-53所示。

第2步 在图像上单击并拖动鼠标即可涂抹当前的图像,如图4-54所示。

图 4-53

图 4-54

4.5.4 海绵工具

【海绵工具】可精确地更改图像区域的色彩饱和度。当图像处于灰度模式时,该工具通过使灰阶远离或靠近中间灰色来增加或降低对比度。下面具体介绍使用【海绵工具】修饰图像的方法。

第1步 *1.* 选择【海绵工具】 。*2.* 在工具选项栏中设置预设画笔的属性,如图4-55所示。

第2步 在图像上单击并拖动鼠标即可更改涂抹区域的饱和度,如图4-56所示。

图 4-55

图 4-56

4.5.5 仿制图章工具

　　【仿制图章工具】将图像的一部分绘制到同一图像的另一部分或绘制到具有相同颜色模式的任意打开文档的另一部分，也可以将一个图层的一部分绘制到另一个图层上。【仿制图章】工具对于复制对象或移去图像中的缺陷很有用。下面具体介绍使用仿制图章的方法。

第1步 **1.** 选择【仿制图章工具】。**2.** 在工具选项栏中设置预设画笔的属性。**3.** 将光标定位在兔子的额头上，按住<Alt>键单击进行取样，如图 4-57 所示。

第2步 移动光标至画面的左侧，单击并拖动鼠标即可进行复制，如图 4-58 所示。

图 4-57

图 4-58

> **知识精讲**
>
> 　　在每次停止并重新开始绘画时，使用最新的取样点进行绘制，需要选中【对齐】复选框，取消选中【对齐】复选框将从初始取样点开始绘制，而与停止并重新开始绘制的次数无关。

4.5.6 图案图章工具

　　【图案图章】工具可使用图案进行绘画，也可以从图案库中选择图案或者自己创建图案。下面具体介绍使用【图案图章】工具的方法。

第1步 **1.** 创建选区。**2.** 选择【图案图章】工具。**3.** 在工具选项栏中设置预设画笔的属性。**4.** 单击【图案】按钮右侧的下拉按钮。**5.** 在弹出的【图案拾色器】下拉菜单中选择准备应用的一种图案，如图 4-59 所示。

第2步 在选区中单击并拖动鼠标即可在指定区域填充图案，如图 4-60 所示。

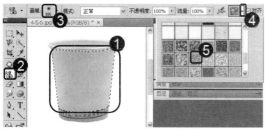

图 4-59

图 4-60

第3步 按<Ctrl> + <D>组合键即可取消选区，完成使用【图案图章工具】填充图案操作，如图4-61所示。

图 4-61

知识拓展

如果准备填充图案，可以单击【图案】按钮右侧的下拉按钮，在弹出的【图案拾色器】下拉菜单中单击向右的箭头按钮，在弹出的菜单中选择【艺术表面】、【彩色纸】和【灰色纸】等选项，将弹出提示对话框，提示是否替换当前图案，单击【追加】按钮即可追加图案拾色器中的图案。

4.6 实 践 操 作

对颜色的设置和选取、画笔面板、绘画工具、填充工具和修饰工具有所了解后，本节将针对以上所学知识制作两个案例，分别是绘制纸袋和草地。

4.6.1 绘制纸袋

绘制纸袋将主要使用自由变换命令、选区选取工具、绘画工具和填充工具。下面具体介绍绘制樱桃的方法。

素材文件	实例\第 4 章\素材文件\4-6-1.jpg
效果文件	实例\第 4 章\效果文件\纸袋.jpg

第1步 **1.** 创建画布，并进行保存。**2.** 利用【矩形选框工具】绘制矩形选区，如图4-62所示。

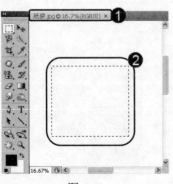

图 4-62

第2步 按<Ctrl>+<T>组合键进行自由变换，再按<Shift> + <Ctrl>+<Alt>组合键，然后将光标定位在右下角的控制点上，并水平向左拖动控制点，如图4-63所示。

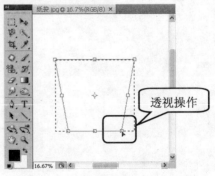

图 4-63

第3步 按<Enter>键退出自由变换操作。**1.** 选择【图案图章工具】，**2.** 在工具选项栏中设置预设画笔的属性。**3.** 选择准备应用的图案。**4.** 在选区中单击并拖动鼠标，如图4-64所示。

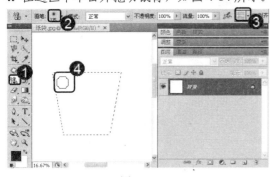

图 4-64

第5步 **1.** 弹出【描边】对话框，在【宽度】文本框中输入准备设置的宽度值。**2.** 选择准备应用的颜色。**3.** 选中【居外】单选按钮。**4.** 单击【确定】按钮，如图4-66所示。

图 4-66

第7步 按照同样的方法绘制纸袋的其余部分，即可完成纸袋的制作，如图4-68所示。

图 4-68

第4步 **1.** 显示已填充的图案。**2.** 选择【编辑】主菜单。**3.** 在弹出的菜单中选择【描边】菜单项，如图4-65所示。

图 4-65

第6步 通过上述操作即可完成纸袋主体的绘制，如图4-67所示。

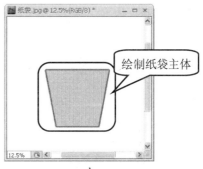

图 4-67

知识拓展

在设计纸袋过程中，还可以为纸袋进行进一步的设置，如使用【画笔工具】或【铅笔工具】为其绘制一些漂亮的图案等。

4.6.2 绘制草地

前面已经讲述了使用【画笔工具】的方法，本节将继续巩固这方面的知识，绘制一片草地，下面予以介绍。

素材文件	实例\第 4 章\效果文件\4-6-2.jpg
效果文件	实例\第 4 章\效果文件\草地.psd

第1步 **1.** 创建画布并进行保存。**2.** 选择【画笔工具】 ✎。**3.** 在工具选项栏中设置画笔属性，如图 4-69 所示。

第2步 **1.** 打开【画笔】面板，选中【形状动态】复选框。**2.** 设置形状动态的各个参数，如图 4-70 所示。

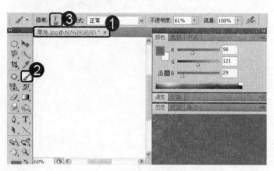

图 4-69

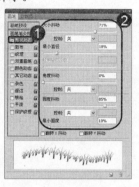

图 4-70

第3步 **1.** 选择【散布】复选框。**2.** 设置右侧的各项参数。**3.** 选中【平滑】复选框，如图 4-71 所示。

第4步 **1.** 选中【颜色动态】复选框。**2.** 设置右侧的各个参数。**3.** 单击【关闭】按钮☒，如图 4-72 所示。

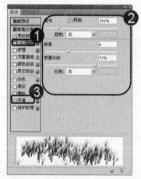

图 4-71

图 4-72

第5步 **1.** 设置前景色和背景色。**2.** 在文档窗口中单击并拖动鼠标，即可绘制色彩范围在前景色和背景色之间的草地，如图 4-73 所示。

图 4-73

知识拓展

在绘制草地过程中，可以利用【仿制图章工具】🄰对草地进行大片的复制。

使用"纯度"可以增大或减小颜色的饱和度。键入一个数字，或者使用滑块输入一个介于-100～100 之间的百分比。如果该值为-100，则颜色将完全去色；如果该值为 100，则颜色将完全饱和。

Chapter >> 5

调整图像色彩

本章要点

1. 颜色模式及其转换
2. 自动调整色彩
3. 手工调整色彩
4. 特殊效果

本章主要内容

　　本章主要介绍了颜色模式及转换、自动调整色彩和手工调整色彩方面的知识与技巧，同时还讲解了通道混合器、照片滤镜、渐变映射、色调均化、色调分离和阈值的使用方法，在本章的最后还针对实际的工作需求，制作了 3 个案例，分别是调整照片色彩、制作黑白照片和用渐变映射命令制作夕阳余晖，希望用户通过学习这3 个案例的制作过程能够完全掌握调整图像色彩方面的知识。

5.1　颜色模式及其转换

在 Photoshop CS4 中，可以将图像从原来的模式（源模式）转换为另一种模式（目标模式）。如果准备为图像选取另一种颜色模式时，将永久更改图像中的颜色值。例如，将 RGB 图像转换为 CMYK 模式时，位于 CMYK 色域（由【颜色设置】对话框中的 CMYK 工作空间设置定义）外的 RGB 颜色值将被调整到色域之内。因此，如果将图像从 CMYK 转换回 RGB，一些图像数据可能会丢失并且无法恢复。

5.1.1　颜色模式的类型

颜色模式决定了用来显示和打印所处理图像的颜色方法。选择【图像】→【模式】菜单项，在弹出的菜单中将显示各个颜色模式的类型，如图 5-1 所示。

图 5-1

- **位图**：位图模式使用两种颜色值（黑色或白色）之一表示图像中的像素。位图模式下的图像被称为位映射 1 位图像，因为其位深度为 1。
- **灰度**：灰度模式在图像中使用不同的灰度级。在 8 位图像中，最多有 256 级灰度。灰度图像中的每个像素都有一个 0（黑色）到 255（白色）之间的亮度值。在 16 和 32 位图像中，图像中的级数比 8 位图像要大得多。
- **双色调**：该模式通过一至四种自定义油墨创建单色调、双色调（两种颜色）、三色调（三种颜色）和四色调（四种颜色）的灰度图像。
- **索引颜色**：索引颜色模式可生成最多 256 种颜色的 8 位图像文件。当转换为索引颜色时，Photoshop 将构建一个颜色查找表（CLUT），用以存放并索引图像中的颜色。如果原图像中的某种颜色没有出现在该表中，则程序将选取最接近的一种，或使用仿色以现有颜色来模拟该颜色。
- **RGB 颜色**：Photoshop RGB 颜色模式使用 RGB 模型，并为每个像素分配一个强度值。在 8 位/通道的图像中，彩色图像中的每个 RGB（红色、绿色、蓝色）分量的强度值为 0（黑色）到 255（白色）。例如，亮红色使用 R 值 246、G 值 20 和 B 值 50。
- **CMYK**：在 CMYK 模式下，可以为每个像素的每种印刷油墨指定一个百分比值。为最亮（高光）颜色指定的印刷油墨颜色百分比较低；而为较暗（阴影）颜色指定的百分比较高。例如，亮红色可能包含 2%青色、93%洋红、90%黄色和 0%黑色。在 CMYK 图像中，当四种分量的值均为 0%时，就会产生纯白色。
- **Lab**：CIE L*a*b* 颜色模型（Lab）基于人对颜色的感觉。Lab 中的数值描述正常视力的人能够看到的所有颜色。因为 Lab 描述的是颜色的显示方式,而不是设备(如显示器、桌面打印机或数码相机)生成颜色所需的特定色料的数量,所以 Lab 被视为与设备无关的颜色模型。色彩管理系统使用 Lab 作为色标,以将颜色从一个色彩空间转换到另一个色彩空间。Lab 颜色模式的亮度分量(L)范围是 0~100。在 Adobe 拾色器和"颜色"面板中,a 分量(绿色-红色轴)和 b 分量(蓝色-黄色轴)的范围是+127 到-128。

- **多通道**:多通道模式图像在每个通道中包含 256 个灰阶,对于特殊打印很有用。多通道模式图像可以存储为 Photoshop、大文档格式(PSB)、Photoshop 2.0、Photoshop Raw 或 Photoshop DCS 2.0 格式。

- **8 位、16 位和 32 位/通道**:8 位/通道的位深为 8 位,每个通道可支持 256 种颜色。16 位/通道的位深为 16 位,每个通道可支持 65000 种颜色。在 16 位模式下工作可以得到更加精确的编辑效果。

- **颜色表**:使用"颜色表"命令,可以更改索引颜色图像的颜色表。这些自定义功能对于伪色图像尤其有用,伪色图像用彩色而不是灰色阴影来显示灰级的变化,常应用于科学和医学。不过,自定颜色表也可以对颜色数量有限的索引颜色图像产生特殊效果。

5.1.2　颜色模式的转换

在编辑图像时可以改变图像的颜色模式,如将 RGB 图像转换为 CMYK 模式,下面予以介绍。

第 1 步 **1.** 选择【图像】主菜单。**2.** 在弹出的菜单中选择【模式】菜单项。**2.** 在弹出的子菜单中选择【CMYK 颜色】子菜单项,如图 5-2 所示。

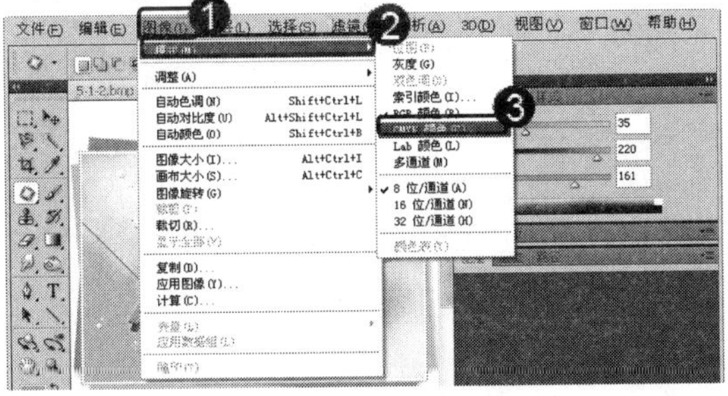

第 2 步 弹出【Adobe Photoshop CS4 Extended】对话框,提示是否转换为使用,单击【确定】按钮 确定 ,如图 5-3 所示。

图 5-2

图 5-3

第 3 步 通过上述操作即可将 RGB 图像转换为 CMYK 模式,如图 5-4 所示。

转换为 CMYK 模式

图 5-4

知识拓展

大多数情况下,可以在转换文件之前先对其进行拼合。但是,这并不是必需的,而且在某些情况下,这种做法也不是很理想(例如,当文件具有矢量文本图层时)。

如果将图像转换为多通道、位图或索引颜色模式时应进行拼合,因为这些模式不支持图层。

5.2　自动调整色彩

在 Photoshop CS4 中可以对照片进行调整以得到满意的效果，如自动色调、自动对比度、自动颜色和去色。

5.2.1　自动色调

对于像素值分布平均并且需要以简单的方式增加对比度的特定图像，可以使用【自动色调】命令，选择【图像】主菜单，在弹出的菜单中选择【自动色调】菜单项，即可调整图像的对比度。图 5-5 所示为使用该命令调整后的效果。

图 5-5

5.2.2　自动对比度

使用【自动对比度】命令将自动调整图像的对比度，由于它不会单独调整通道，因此不会引入或消除色痕。它剪切图像中的阴影和高光值，然后将图像剩余部分的最亮和最暗像素映射到纯白（色阶为 255）和纯黑（色阶为 0）。这会使高光看上去更亮，阴影看上去更暗。选择【图像】主菜单，在弹出的菜单中选择【自动对比度】菜单项，即可调整图像的对比度。图 5-6 所示为使用该命令调整后的效果。

图 5-6

5.2.3　自动颜色

【自动颜色】命令通过搜索图像来标识阴影、中间调和高光，从而调整图像的对比度和颜色。默认情况下，它使用 RGB128 灰色这一目标颜色来中和中间调，并将阴影和高光像素剪切 0.5%。可以在【自动颜色校正选项】对话框中更改这些默认值。选择【图像】主菜单，在弹出的菜单中选择【自动颜色】菜单项，即可调整图像的对比度。图 5-7 所示为使用该命令调整后的效果。

图 5-7

5.2.4 去色

【去色】命令将彩色图像转换为灰度图像，但图像的颜色模式保持不变。例如，它为 RGB 图像中的每个像素指定相等的红色、绿色和蓝色值。每个像素的明度值不改变。选择【图像】主菜单，在弹出的菜单中依次选择【调整】→【去色】菜单项，即可进行去色操作。图 5-8 所示为使用该命令调整后的效果。

图 5-8

5.3 手工调整色彩

除了使用自动调整色彩功能对图像进行处理外，还可以手工调整色彩，如使用【色阶】、【曲线】、【色彩平衡】、【色相/饱和度】、【亮度/对比度】、【阴影/高光】、【匹配颜色】和【变化】等命令进行调整。

5.3.1 色阶

可以使用【色阶】命令调整色彩，通过调整图像的阴影、中间调和高光的强度级别，从而校正图像的色调范围和色彩平衡。下面具体介绍使用【色阶】命令调整色彩的方法。

第1步 在【调整】面板中单击【色阶】图标，如图 5-9 所示。

第2步 *1.* 水平向右拖动【阴影】滑块。*2.* 水平向左拖动【高光】滑块，如图 5-10 所示。

图 5-9

图 5-10

第3步 通过上述操作即可使用【色阶】命令调整图像色彩，如图 5-11 所示。

图 5-11

知识拓展

按<Ctrl>+<L>组合键可以调出【色阶】对话框，然后在该对话框中设置相应选项，同样可以使用【色阶】命令调整图像色彩。

选择【图像】主菜单，在弹出的菜单中依次选择【调整】→【色阶】菜单项，同样可以使用【色阶】命令调整图像色彩。

5.3.2 曲线

【曲线】命令可以调整图像的整个色调范围内的点（从阴影到高光）。选择【图像】→【调整】→【曲线】菜单项即可使用【曲线】命令调整图像色彩，下面予以介绍。

第1步 *1.* 弹出【曲线】对话框，向上拖动曲线。*2.* 单击【确定】按钮，如图 5-12 所示。

第2步 通过上述操作即可使用【曲线】命令调亮图像的色彩，如图 5-13 所示。

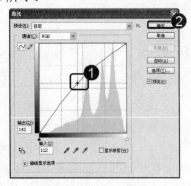

图 5-12

图 5-13

知识精讲

在【调整】面板中单击【曲线】图标，或按<Ctrl>+<M>组合键，同样可以进行使用【曲线】命令调整图像色彩的操作。

5.3.3 色彩平衡

对于普通的色彩校正，使用【色彩平衡】命令可以更改图像的总体颜色混合。下面具体介绍使用【色彩平衡】命令调整图像色彩的方法。

第1步 在【调整】面板中单击【色彩平衡】图标，如图 5-14 所示。

第2步 *1.* 选中【中间调】单选按钮。*2.* 调整颜色滑块，如图 5-15 所示。

图 5-14

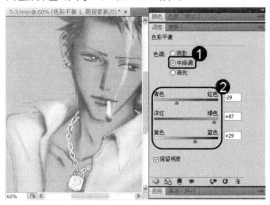

图 5-15

第3步 通过上述操作即可调整图像的颜色，如图 5-16 所示。

图 5-16

智慧锦囊

按<Ctrl>+<B>组合键或选择【图像】主菜单，在弹出的下拉菜单中依次选择【调整】→【色彩平衡】菜单项同样可以使用【色彩平衡】命令调整图像色彩。

选中【保留明度】复选框，可以防止图像的亮度值随颜色的更改而改变。该选项可以保持图像的色调平衡。

5.3.4 色相/饱和度

使用【色相/饱和度】，可以调整图像中特定颜色范围的色相、饱和度及亮度，或者同时调整图像中的所有颜色。此调整尤其适用于微调 CMYK 图像中的颜色，以便它们处在输出设备的色域内。下面具体介绍使用【色相/饱和度】命令调整图像色彩的方法。

第1步 在【调整】面板中单击【色相/饱和度】图标▓，如图5-17所示。

图 5-17

第3步 通过上述操作即可进一步调整图像的饱和度，如图5-19所示。

图 5-19

第2步 **1.** 单击【色相/饱和度】下拉列表框右侧的下拉按钮。**2.** 在弹出的下拉列表中选择【进一步增加饱和度】列表项，如图5-18所示。

图 5-18

智慧锦囊

按<Ctrl>+<U>组合键或选择【图像】主菜单，在弹出的菜单中依次选择【调整】→【色相/饱和度】菜单项，同样可以使用【色相/饱和度】命令调整图像色彩。

选中【着色】复选框，如果前景色是黑色或白色，则图像会转换成红色色相。如果不是黑色或白色，则会将图像转换成当前前景色的色相。

5.3.5 亮度/对比度

使用【自然饱和度】命令可调整饱和度，以便在颜色接近最大饱和度时最大限度地减少修剪。该调整增加与已饱和的颜色相比不饱和的颜色的饱和度，还可防止肤色过度饱和。下面具体介绍使用【亮度/对比度】命令的方法。

第1步 在【调整】面板中单击【亮度/对比度】图标☀，如图5-20所示。

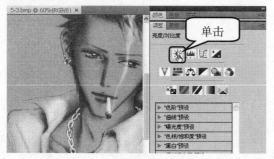

图 5-20

第2步 **1.** 滑动【亮度】比例滑块。**2.** 滑动【对比度】比例滑块，如图5-21所示。

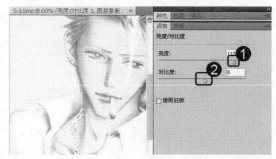

图 5-21

第3步 通过上述操作即可调整图像的亮度和对比度，如图 5-22 所示。

> 调整亮度/对比度

图 5-22

知识拓展

在正常模式下，"亮度/对比度"与"色阶"和"曲线"调整一样，按比例（非线性）调整图像图层。当选定【使用旧版】复选框时，"亮度/对比度"在调整亮度时只是简单地增大或减小所有像素值。由于这样会造成修剪高光或阴影区域或者使其中的图像细节丢失，因此不建议在旧版模式下对摄影图像使用亮度/对比度。

5.3.6 阴影/高光

【阴影/高光】命令适用于校正由强逆光而形成剪影的照片，或者校正由于太接近相机闪光灯而有些发白的焦点。在用其他方式采集的图像中，这种调整也可用于使阴影区域变亮。"阴影/高光"命令不是简单地使图像变亮或变暗，它基于阴影或高光中的周围像素（局部相邻像素）增亮或变暗。下面具体介绍使用【阴影/高光】命令的方法。

第1步 **1.** 选择【图像】主菜单。**2.** 在弹出的菜单中选择【调整】菜单项。**3.** 选择【阴影/高光】子菜单项，如图 5-23 所示。

图 5-23

第2步 **1.** 在【高光】选项组中拖动【数量】比例滑块。**2.** 单击【确定】按钮 ＿确定＿，如图 5-24 所示。

图 5-24

第3步 通过上述操作即可调整阴影和高光，如图 5-25 所示。

> 调整阴影和高光

图 5-25

知识拓展

如果准备增大图像（曝光良好的除外）中的阴影细节，可以将阴影【数量】和阴影【色调宽度】的数值设置在0%～25%范围内。

通过单击【存储】按钮 存储(S)... 将当前的设置存储到文件中，并稍后使用【载入】按钮 载入(L)... 来重新载入这些设置。

5.3.7　匹配颜色

　　【匹配颜色】命令可匹配多个图像之间、多个图层之间或者多个选区之间的颜色，它还允许通过更改亮度和色彩范围以及中和色痕来调整图像中的颜色。"匹配颜色"命令仅适用于 RGB 模式。下面具体介绍使用【匹配颜色】的方法。

第 1 步　打开两个图形文件，将 5-3-7（1）设置为当前文档，如图 5-26 所示。

图 5-26

知识拓展

　　除了匹配两个图像之间的颜色以外，"匹配颜色"命令还可以匹配同一个图像中不同图层之间的颜色。

第 3 步　通过上述操作即可匹配颜色，如图 5-28 所示。

图 5-28

第 2 步　**1.** 选择【图像】→【调整】→【匹配颜色】菜单项，弹出【匹配颜色】对话框，在【源】下拉列表中选择【5-3-7（2）.jpg】列表项。**2.** 单击【确定】按钮 [　确定　]，如图 5-27 所示。

图 5-27

知识拓展

　　当使用【匹配颜色】命令时，指针将变成吸管工具。在调整图像时，使用吸管工具可以在【信息】面板中查看颜色的像素值。此面板会在使用【匹配颜色】命令时提供有关颜色值变化的反馈。

知识精讲

　　如果准备增加或减小目标图像的亮度，可以移动【亮度】滑块，或者在【明亮度】文本框中输入一个值。最大值是 200，最小值是 1，默认值是 100；如果准备调整目标图像的色彩饱和度，可调整【颜色强度】滑块。或者在【颜色强度】文本框中输入一个值。最大值为 200，最小值为 1（生成灰度图像），默认值为 100。

5.3.8　变化

　　【变化】命令通过显示替代物的缩览图，可以调整图像的色彩平衡、对比度和饱和度。下面具体介绍使用【变化】命令的操作方法。

调整图像色彩

第1步 打开图像文件，如图 5-29 所示。

图 5-29

第2步 **1.** 选择【图像】→【调整】→【变化】菜单项，弹出【变化】对话框，单击【加深黄色】图片。**2.** 单击【加深红色】图片。**3.** 单击【确定】按钮 确定 ，如图 5-30 所示。

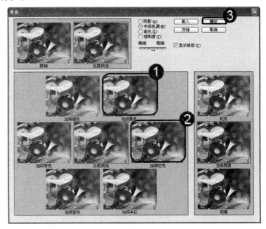

图 5-30

知识拓展

　　【变化】命令对于不需要精确颜色调整的平均色调图像最为有用。该命令不适用于索引颜色图像或 16 位/通道的图像。

第3步 通过上述操作即可使用【变化】命令调整图像色彩，如图 5-31 所示。

图 5-31

知识拓展

　　如果准备显示图像中由调整功能剪切（转换为纯白或纯黑）的区域的预览效果，可以选择【显示修剪】复选框。剪贴会产生不需要的颜色变化，因为原图像中截然不同的颜色被映射为相同的颜色。调整中间调时不会发生剪贴。

5.4 特 殊 效 果

　　在调整图像色彩时，可以使用特殊效果设置图像效果，如通道混合器、照片滤镜、渐变映射、色调均化、色调分离和阈值等。

5.4.1 通道混合器

　　利用"通道混合器"调整，可以创建高品质的灰度图像、棕褐色调图像或其他色调图像。也可以对图像进行创造性的颜色调整。如果准备创建高品质的灰度图像，可以在"通道混合器"调整中选取每种颜色通道的百分比，下面予以介绍。

第1步 打开准备进行通道混合器调整的图像文件，如图 5-32 所示。

知识拓展

单击【调整】面板中的【通道混合器】图标 ，同样可以使用【通道混合器】命令调整图像色彩。

图 5-32

第3步 通过上述操作即可使用【变化】命令调整图像色彩，如图 5-34 所示。

调整图像色彩

图 5-34

第2步 **1.** 选择【图像】→【调整】→【通道混合器】菜单项，弹出【通道混合器】对话框，单击【预设】下拉列表框右侧的下拉按钮。**2.** 选择准备应用的选项。**3.** 单击【确定】按钮 确定 ，如图 5-33 所示。

图 5-33

知识拓展

选取某个输出通道会将该通道的源滑块设置为 100%，并将所有其他通道设置为 0%。例如，如果选取 "红" 作为输出通道，则会将 "红色" 的 "源通道" 滑块设置为 100%，并将 "绿色" 和 "蓝色" 的滑块设置为 0%（在 RGB 图像中）。

颜色通道是代表图像（RGB 或 CMYK）中颜色分量的色调值的灰度图像。

5.4.2 照片滤镜

使用【照片滤镜】命令可以调整在相机镜头前面加彩色滤镜，以便调整通过镜头传输的光的色彩平衡和色温使胶片曝光，下面予以介绍。

知识精讲

单击【调整】面板中的【照片滤镜】图标 ，或选择【图层】→【新建调整图层】→【照片滤镜】菜单项，或选择【图像】→【调整】→【照片滤镜】菜单项都可以进行照片滤镜操作，但是，值得注意的是，最后一个方法将直接对图像图层进行调整并扔掉图像信息。

第1步 *1.* 打开图像文件。*2.* 在【调整】面板中单击【照片滤镜】图标🔍，如图 5-35 所示。

图 5-35

第2步 *1.* 在【调整】面板的【滤镜】下拉列表中选择【深褐】列表项。*2.* 调节【浓度】比例滑块，如图 5-36 所示。

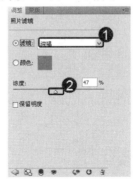

图 5-36

第3步 通过上述操作即可使用【照片滤镜】命令调整图像色彩，如图 5-37 所示。

调整图像色彩

图 5-37

知识拓展

如果不希望通过添加颜色滤镜来使图像变暗，需要选中【保留明度】复选框。

如果准备调整应用于图像的颜色数量，可以调节【浓度】比例滑块或者在【浓度】文本框中输入百分比。浓度越高，颜色调整幅度就越大。

5.4.3 渐变映射

"渐变映射"调整将相等的图像灰度范围映射到指定的渐变填充色。下面具体介绍使用【渐变映射】的方法。

第1步 *1.* 打开图像文件。*2.* 在【调整】面板中单击【渐变映射】图标▬，如图 5-38 所示。

图 5-38

第2步 *1.* 单击【调整】面板中【渐变映射】下拉列表右侧的下拉按钮。*2.* 选择准备应用的列表项，如图 5-39 所示。

图 5-39

第3步 通过上述操作即可使用【渐变映射】命令调整图像色彩，如图 5-40 所示。

调整图像色彩

图 5-40

知识拓展

默认情况下，图像的阴影、中间调和高光分别映射到渐变填充的起始（左端）颜色、中点和结束（右端）颜色。选中【仿色】复选框，将添加随机杂色以平滑渐变填充的外观并减少带宽效应。选中【反向】复选框，将切换渐变填充的方向，从而反向渐变映射。

5.4.4 色调均化

【色调均化】命令重新分布图像中像素的亮度值，以便它们更均匀地呈现所有范围的亮度级，它将重新映射复合图像中的像素值，使最亮的值呈现为白色，最暗的值呈现为黑色，而中间的值则均匀地分布在整个灰度中。下面具体介绍使用【色调均化】的方法。

第1步 打开准备进行色调均化设置的图像文件，如图 5-41 所示。

第2步 选择【图像】→【调整】→【色调均化】菜单项，即可使用【色调均化】命令调整图像色彩，如图 5-42 所示。

打开图像文件

图 5-41

调整图像色彩

图 5-42

5.4.5 色调分离

使用"色调分离"调整，可以指定图像中每个通道的色调级数目（或亮度值），然后将像素映射到最接近的匹配级别。下面具体介绍使用【色调分离】命令调整图像色彩的方法。

第1步 打开准备进行色调均化设置的图像文件，如图 5-43 所示。

第2步 1.选择【图像】→【调整】→【色调分离】菜单项，弹出【色调分离】对话框，在【色阶】文本框中输入色阶值。2.单击【确定】按钮，如图 5-44 所示。

打开图像文件

图 5-43

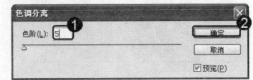

图 5-44

第3步 通过上述操作即可使用【色调分离】命令调整图像色彩，如图 5-45 所示。

调整图像色彩

图 5-45

知识拓展

单击【调整】面板中的【色调分离】图标 也可以进行【色调分离】操作。

在照片中创建特殊效果，如创建大的单调区域时，此调整非常有用。当减少灰色图像中的灰阶数量时，它的效果最为明显，但它也会在彩色图像中产生有趣的效果。

知识精讲

如果准备在图像中使用特定数量的颜色，可以将图像转换为灰度并指定需要的色阶数，然后将图像转换回以前的颜色模式，并使用准备应用的颜色替换不同的灰色调。

5.4.6　阈值

"阈值"调整将灰度或彩色图像转换为高对比度的黑白图像，它可以指定某个色阶作为阈值。所有比阈值亮的像素转换为白色；而所有比阈值暗的像素转换为黑色，下面予以介绍。

第1步 打开准备进行阈值设置的图像文件，如图 5-46 所示。

打开图像文件

图 5-46

第2步 **1.** 选择【图像】→【调整】→【阈值】菜单项，弹出【阈值】对话框，滑动【阈值】比例滑块。**2.** 单击【确定】按钮　确定　，如图 5-47 所示。

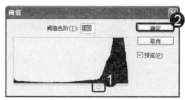

图 5-47

第3步 通过上述操作即可使用【阈值】命令调整图像色彩，如图 5-48 所示。

调整图像色彩

图 5-48

知识拓展

单击【调整】面板中的【阈值】图标 也可以进行【阈值】操作。

在【阈值】对话框中，滑动直方图下方的滑块直到出现所需的阈值色阶。滑动时，图像将更改以反映新的阈值设置。

5.5 实 践 操 作

对颜色模式及其转换、自动调整色彩、手工调整色彩和特殊效果有所了解后，本节将针对以上所学知识制作 3 个案例。希望用户通过这 3 个案例的制作过程，能够完全掌握本章所学知识。

5.5.1 调整照片色彩

前面已经讲述了调整图像色彩的常用方法，本节将结合这方面的知识根据照片本身特点调整图像色彩，下面予以介绍。

素材文件	实例\第 5 章\素材文件\5-5-1.jpg
效果文件	实例\第 5 章\效果文件\5-5-1.jpg

第 1 步 打开准备进行色彩设置的图像文件，如图 5-49 所示。

知识拓展

打开图像文件，发现该文件有些暗，需要调整图片亮度，确定使用【曲线】命令。

图 5-49

第 3 步 通过上述操作即可调整图片亮度，如图 5-51 所示。

图 5-51

第 2 步 *1.* 选择【图像】→【调整】→【曲线】菜单项，弹出【曲线】对话框，编辑曲线的点以调整图片的亮度。*2.* 单击【确定】按钮 确定 ，如图 5-50 所示。

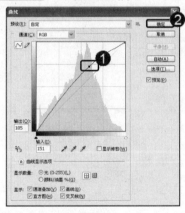

图 5-50

知识拓展

在"曲线"调整中，色调范围显示为一条直的对角基线，因为输入色阶（像素的原始强度值）和输出色阶（新颜色值）是完全相同的。当在【曲线】对话框中调整色调范围之后，Photoshop 将继续显示该基线作为参考。

5.5.2 制作黑白照片

　　"黑白"调整可将彩色图像转换为灰度图像，同时保持对各颜色转换方式的完全控制，也可以通过对图像应用色调来为灰度着色，例如创建棕褐色效果。"黑白"命令与"通道混合器"的功能相似，也可以将彩色图像转换为单色图像，并允许调整颜色通道输入。下面具体介绍使用【黑白】命令将彩色图像转换为黑白图像的方法。

素材文件	实例\第 5 章\素材文件\5-5-2.jpg
效果文件	实例\第 5 章\效果文件\5-5-2.jpg

第1步 **1.** 打开准备进行色彩设置的图像文件。**2.** 在【调整】面板中单击【黑白】图标，如图 5-52 所示。

图 5-52

第2步 **1.** 滑动【红色】比例滑块。**2.** 滑动【黄色】比例滑块。**3.** 滑动【绿色】比例滑块。**4.** 滑动【蓝色】比例滑块，如图 5-53 所示。

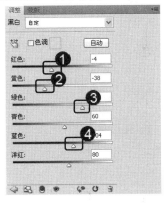

图 5-53

第3步 通过上述操作即可将彩色图像转换为黑白图像，如图 5-54 所示。

黑白图像

图 5-54

知识拓展

　　在【调整】面板中，单击【复位】按钮可以将所有颜色滑块复位到默认的灰度转换。

　　如果准备扔掉调整，可以单击【删除此调整图层】按钮。

　　如果准备切换调整的可见性，可以单击【切换图层可见性】按钮。

5.5.3 使用渐变映射命令制作夕阳余晖

　　前面已经讲述了【渐变映射】命令的使用方法，本节将继续巩固这方面的知识，使用【渐变映射】命令制作夕阳余晖，下面予以介绍。

素材文件	实例\第5章\素材文件\5-5-3.jpg
效果文件	实例\第5章\效果文件\5-5-3.jpg

第1步 打开准备进行色彩设置的图像文件，如图5-55所示。

打开图像文件

图 5-55

第3步 1.弹出【渐变编辑器】对话框，设置渐变颜色。2.单击【确定】按钮 确定 ，如图5-57所示。

图 5-57

第5步 通过上述操作即可制作夕阳余晖效果的图片，如图5-59所示。

完成制作

图 5-59

第2步 选择【图像】→【调整】→【渐变映射】菜单项，弹出【渐变映射】对话框，单击【颜色渐变条】下拉列表框，如图5-56所示。

单击

图 5-56

第4步 返回到【渐变映射】对话框，单击【确定】按钮 确定 ，如图5-58所示。

知识拓展

选中【反向】复选框，可以将颜色渐变条逆向设置。

单击

图 5-58

知识拓展

默认情况下，图像的阴影、中间调和高光分别映射到渐变填充的起始（左端）颜色、中点和结束（右端）颜色。

选中【仿色】复选框，可以添加随机杂色以平滑渐变填充的外观并减少带宽效应。

Chapter >> **6**

图层的应用

本 章 要 点

1. 认识图层
2. 创建与编辑图层
3. 排列与分布图层
4. 合并图层
5. 用图层组管理图层
6. 图层样式

本章主要内容

　　本章主要介绍了认识图层、创建与编辑图层、排列与分布图层、合并图层、用图层组管理图层和图层样式方面的知识与技巧，同时还讲解了如何编辑图层的样式，在本章的最后还针对实际的工作需求，制作了两个案例，分别为绘制花瓣和制作按钮，希望用户通过学习这两个案例的制作过程能够完全掌握图层应用方面的知识。

6.1　认　识　图　层

图层是 Photoshop CS4 的核心功能，在使用 Photoshop 进行图像处理中，具有十分重要的地位，也是最常用的功能之一。本节将具体介绍图层的概念、原理和【图层】面板。

6.1.1　图层的概念及原理

图层是许多图像创建工作流程的构建块。若只是对图像做一些简单的调整，不一定需要使用图层，但是使用图层能够提高工作效率，而且对于大多数非破坏性图像编辑是必需的。图层就如同堆叠在一起的透明纸，可以透过图层的透明区域看到下面的图层，可以移动图层来定位图层上的内容，就像在堆栈中滑动透明纸一样，也可以更改图层的不透明度以使内容部分透明。Photoshop 合成的图像作品如图 6-1 所示，【图层】面板和相应的图层结构如图 6-2 所示。

图 6-1

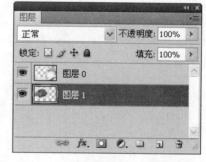

图 6-2

在【图层】面板中，图层特性是 Photoshop CS4 划分图像图层的重要依据，其特性分别包括透明性、独立性和叠加性。

- **透明性**：图层透明性的作用在于能够显示出当前图层下方的图层效果，如果图层上尚未编辑图像，那么可以从上至下一直看到处于【图层】面板最底部的图像背景层。图像背景层为完全不透明图层，因此不适用于图层的透明性。
- **独立性**：图层独立性是指在图层尚未执行【链接图层】命令和【建立新组】命令的前提下，对某一指定图层进行编辑，其他图层不会受到任何影响的操作特性。
- **叠加性**：图层的叠加性是指在【图层】面板中，Photoshop CS4 将图像分为多个图层从上至下叠加放置，并提供了多种图层混合模式和透明功能，使层与层更完美地融合在一起。

6.1.2　图层面板

【图层】面板中列出了图像中的所有图层、图层组和图层效果，可以使用【图层】面板来显示和隐藏图层、创建新图层以及处理图层组，或者在【图层】面板菜单中访问其他命令和选项，如图 6-3 所示。

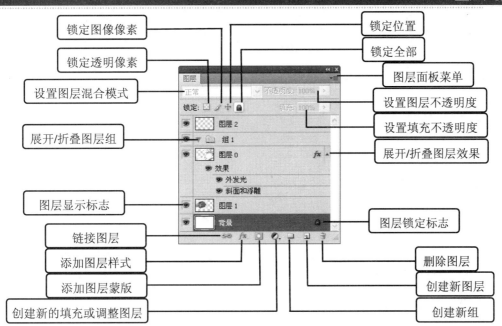

图 6-3

■ **锁定按钮** ⊠◢✛🔒：用于锁定当前图层的属性，包括图像像素、透明像素和位置。

■ **设置图层混合模式**：用于设置当前图层的混合模式，与下面的图层产生混合。

■ **【图层面板菜单】按钮** ：单击该按钮，将弹出【图层】面板菜单，选择相应的菜单项可以设置相应的操作。

■ **设置图层不透明度**：用来设置当前图层的不透明度。

■ **设置填充不透明度**：用来设置当前图层的填充不透明度。

■ **【展开/折叠图层组】图标** ：单击该图标可以展开或折叠图层组。

■ **【图层显示标志】图标** ：显示该标志的图层为可见层，单击该图标则可以隐藏图层。

■ **【图层锁定标志】图标** ：显示该标志时表示图层处于锁定状态。

■ **【链接图层】按钮** ：单击该按钮可以链接当前选择的多个图层。

■ **【添加图层样式】按钮** ：单击该按钮，在打开的下拉菜单中可以为当前图层添加图层样式。

■ **【添加图层蒙版】按钮** ：单击该按钮可以为当前图层添加蒙版。

■ **【创建新的填充或调整图层】按钮** ：单击该按钮，在打开的下拉菜单中可以选择创建新的填充图层或调整图层。

■ **【创建新组】按钮** ：单击该按钮可以创建一个新的图层组。

■ **【创建新图层】按钮** ：单击该按钮可以创建一个图层。

■ **【删除图层】按钮** ：单击该按钮可以删除当前选择的图层或图层组。

6.2 创建与编辑图层

对图层有所认识后，本节将具体介绍创建与编辑图层方面的知识与技巧，如创建图层、选择图层、复制图层、移动图层、删除图层、链接图层、锁定图层和显示与隐藏图层。

6.2.1 创建图层

如果准备对图像文件进行进一步的操作就需要创建图层，新图层将出现在【图层】面板中选定图层的上方，或出现在选定组内，下面予以介绍。

第1步 打开图像文件，在【图层】面板中单击【创建新图层】按钮 ◻，如图 6-4 所示。

第2步 通过上述操作即可创建新图层，如图 6-5 所示。

图 6-4

图 6-5

智慧锦囊

按<Ctrl>+<Shift>+<N>组合键弹出【新建图层】对话框，在【名称】文本框中输入图层的名称，单击【确定】按钮 ◻确定◻ 也可以创建新图层。如果在图像中创建了选区，然后选择【图层】→【新建】→【通过拷贝的图层】菜单项或按<Ctrl>+<J>组合键，可以快速创建新图层。

6.2.2 选择图层

在编辑某个图层之前，需要先选中这个图层然后再进行相应的操作，可以选择一个图层、多个连续的图层、多个间断的图层、所有图层、相似图层、链接图层和取消选择图层，下面分别予以介绍。

◆ **选择一个图层**

单击【图层】面板中准备显示的图层，即可选择该图层，如图 6-6 所示。

◆ **选择多个连续的图层**

单击第一个图层的同时按住<Shift>键不放，再单击最后一个图层，如图 6-7 所示。

图 6-6

图 6-7

◆ **选择多个间断图层**

单击第一个图层的同时按住<Ctrl>键不放，再单击其他图层即可选择多个间断图层，如图 6-8 所示。

图 6-8

◆ **选择相似图层**

选择一个带有文字的图层，再选择【选择】→【选择相似图层】菜单项即可选择类型相似的图层，如图 6-9 所示。

图 6-9

◆ **选择所有图层**

选择【选择】→【所有图层】菜单项，即可选择【图层】面板中的所有图层，如图 6-10 所示。

图 6-10

◆ **选择链接图层**

选择第一个链接图层后，再选择【图层】→【选择链接图层】菜单项，即可选择与之链接的图层，如图 6-11 所示。

图 6-11

◆ **取消选择图层**

如果不准备选择任何图层，可在面板中最下面一个图层下方的空白处单击，或选择【选择】→【取消选择图层】菜单项，如图 6-12 所示。

图 6-12

智慧锦囊

选择一个图层后，按<Alt>+<]>组合键可将当前图层切换为与之相邻的上一个图层；按<Alt>+<[>组合键可将当前图层切换为与之相邻的下一个图层。

实用技巧

如果准备取消选择某个图层，可以按住<Ctrl>键并单击该图层。

6.2.3 复制图层

复制图层是指复制当前的图层，也可以将图层复制到其他图像或新图像中。下面具体介绍复制图层的方法。

第1步 将背景层拖动到【图层】面板的【创建新图层】按钮 上，如图 6-13 所示。

第2步 通过上述操作即可复制背景图层，此时显示已复制的图层"背景副本"图层，如图 6-14 所示。

图 6-13

图 6-14

知识精讲

选择准备复制的图层后，选择【图层】主菜单，在弹出的下拉菜单中选择【复制图层】菜单项，同样也可以复制该图层。

6.2.4 移动图层

移动图层是指将图层从一个位置移动到另一个位置的过程。下面具体介绍移动图层的方法。

第1步 选择准备移动的图层，如"图层 0"如图 6-15 所示。

第2步 向上拖动"图层 0"到"图层 1"之上，如图 6-16 所示。

图 6-15

图 6-16

图层的应用

第3步 释放鼠标后即可完成移动图层的操作，此时"图层 0"被移动到"图层 1"之上，如图 6-17 所示。

移动图层

图 6-17

知识拓展

如果准备将两个图层或两个以上图层移动到某图层之上，可以选中这些准备移动的图层到某图层之上，即可完成多个图层的移动。

实用技巧

按箭头键可将对象微移 1 个像素；按住<Shift>键并按箭头键可将对象微移 10 个像素。

6.2.5 删除图层

如果不准备使用当前的图层可以将其删除，以减小图像文件的大小。下面具体介绍删除图层的方法。

第1步 *1.* 选择准备删除的图层。*2.* 单击【删除图层】按钮 🗑 ，如图 6-18 所示。

图 6-18

第2步 弹出【Adobe Photoshop CS4 Extended】对话框，提示是否删除"图层 0"，单击【是】按钮 是(Y) ，如图 6-19 所示。

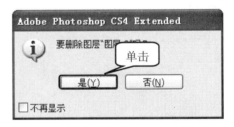

单击

图 6-19

第3步 通过上述操作即可删除"图层 0"，如图 6-20 所示。

删除图层

图 6-20

知识拓展

选择准备删除的图层，拖动该图层到【删除图层】按钮 🗑 上，即可删除图层。

实用技巧

如果准备删除链接图层，需要选择一个链接图层，然后选择【图层】→【选择链接图层】菜单项，再删除图层。

6.2.6 链接图层

如果准备对多个图层同时进行移动或应用变换,可以对图层进行链接以保持它们的关联性。下面具体介绍链接图层的方法。

第1步 **1.** 选中准备链接的图层。**2.** 单击 **第2步** 通过上述操作即可链接图层,如
【链接】按钮 🔗,如图 6-21 所示。 图 6-22 所示。

图 6-21

图 6-22

6.2.7 锁定图层

可以完全或部分锁定图层以保护其内容。当图层被完全锁定时,锁图标是实心的;当图层被部分锁定时,锁图标是空心的。下面具体介绍锁定图层的方法。

第1步 **1.** 选中"图层2"。**2.** 单击【图层 **第2步** 通过上述操作即可锁定"图层2",
锁定标志】图标 🔒,如图 6-23 所示。 如图 6-24 所示。

图 6-23

图 6-24

知识精讲

如果准备取消【锁定图层】,可以选中带有锁定的图层,单击【图层锁定标志】图标 🔒 即可取消图层锁定状态。

6.2.8 显示与隐藏图层

如果不准备编辑某图层可以对该图层进行隐藏,当需要编辑时可以再次予以显示。下面具体介绍显示与隐藏图层的方法。

第1步 单击【图层显示标志】图标👁，如图 6-25 所示。

图 6-25

第2步 通过上述操作即可隐藏"图层 2"如图 6-26 所示。

图 6-26

第3步 再次单击【图层显示标志】图标👁，如图 6-27 所示。

图 6-27

第4步 通过上述操作即可再次显示"图层 2"，如图 6-28 所示。

图 6-28

6.3 排列与分布图层

在编辑图像过程中，【图层】面板中的图层是按照创建的先后顺序堆叠排列的，在实际工作中，为了方便操作，可以调整图层的堆叠顺序、对齐图层和分布图层。

6.3.1 调整图层的堆叠顺序

调整图层的堆叠顺序与移动图层的方法类似，即将一个图层拖动至另一个图层的上面，如图 6-29 所示。

图 6-29

将"图层 2"拖动至"图层 0"之下的堆叠顺序效果如图 6-30 所示。

图 6-30

6.3.2 对齐图层

对齐图层是指将多个图层进行顶边对齐、垂直居中对齐和左边对齐等，下面以将"三个按钮"进行"垂直居中对齐"为例，介绍对齐图层的方法。

第1步 选中准备进行对齐的图层，如"图层 3"、"图层 2"和"图层 1"，如图 6-31 所示。

第2步 选择【图层】→【对齐】→【垂直居中】菜单项，即可将三个按钮以垂直居中形式显示，如图 6-32 所示。

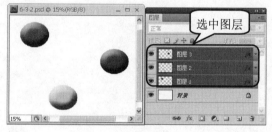

图 6-31

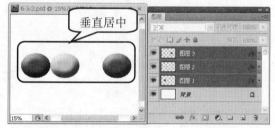

图 6-32

6.3.3 分布图层

使用分布图层命令，可以将多个图层或链接图层以均匀的距离进行分布，下面仍以三个按钮为例，介绍分布图层的方法。

第1步 选中准备进行分布的多个图层，如图 6-33 所示。

第2步 选择【图层】→【分布】→【左边】菜单项，即可将三个按钮均匀地分布，如图 6-34 所示。

图 6-33

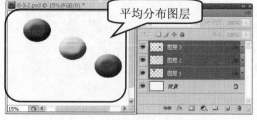

图 6-34

在进行分布图层操作时，需要选择三个以上的图层。选择【移动】工具 并单击工具选项栏中的分布按钮同样可以完成分布图层操作。如单击【顶边】按钮 表示从每个图层的顶端像素开始，间隔均匀地分布图层，单击【垂直居中】按钮 表示从每个图层的水平中心开始，间隔均匀地分布图层。

6.4 合 并 图 层

图层、图层组和图层样式等可以进行合并，以节省电脑内存和暂存盘。本节将具体介绍合并图层、向下合并图层、合并可见图层、拼合图层和盖印图层的方法。

6.4.1 合并图层

合并图层可以合并两个相邻的图层或组。下面以"水果"图像为例，介绍合并图层的操作方法。

第1步 选中准备合并的图层，如图 6-35 所示。

图 6-35

第2步 选择【图层】→【合并图层】菜单项，即可将这 4 个图层进行合并操作，如图6-36所示。

图 6-36

6.4.2 向下合并图层

如果准备将某个图层与下面的图层进行合并，可以执行向下合并图层操作。下面具体介绍向下合并图层的方法。

第1步 选中准备合并的图层，如图 6-37 所示。

图 6-37

第2步 选择【图层】→【向下合并】菜单项即可向下合并图层，如图 6-38 所示。

图 6-38

智慧锦囊

选择准备进行向下合并的图层，按<Ctrl>+<E>组合键即可进行向下合并操作。

6.4.3 合并可见图层

如果准备合并【图层】面板中所有可见的图层，可以选择【图层】→【合并可见图层】菜单项完成该项操作，如图 6-39 所示。

图 6-39

 智慧锦囊

按<Ctrl>+<Shift>+<E>组合键可以快速合并当前可见图层，如果当前图层中全部都是可见图层，则执行该操作可以合并全部图层。

6.4.4 拼合图像

如果准备将所有图层都拼合到"背景"图层中，可以选择【图层】→【拼合图层】菜单项完成该项操作，如图 6-40 所示。

图 6-40

 智慧锦囊

在拼合图像过程中，如果有隐藏的图层，将弹出一个提示对话框，提示是否要扔掉隐藏的图层，单击【确定】按钮将扔掉隐藏的图层进行拼合操作。

6.4.5 盖印图层

盖印可以将多个图层的内容合并为一个目标图层，同时使其他图层保持完好。下面具体介绍盖印图层的方法。

第1步 在【图层】面板中选择多个图层，如图 6-41 所示。

第2步 按<Ctrl>+<Alt>+<E>组合键即可盖印选择的三个图层，如图 6-42 所示。

图 6-41

图 6-42

智慧锦囊

如果准备盖印所有可见图层，可以按<Shift>+<Ctrl>+<E>组合键即可创建包含合并内容的新图层。

6.5 用图层组管理图层

在电脑内存允许的前提下，Photoshop CS4 可以创建 8000 个图层，为方便图层的管理，可以使用图层组管理图层，本节将具体介绍创建图层组、从选择的图层创建图层组、将图层移入或移出图层组、锁定图层组和取消图层编组的方法。

6.5.1 创建图层组

在编辑图层组之前需要先创建图层组，然后再进行其他管理图层操作。下面具体介绍创建图层组的方法。

第1步 在【图层】面板中单击【创建新图层】按钮 ，如图 6-43 所示。

第2步 通过上述操作即可创建图层组，如图 6-44 所示。

图 6-43

图 6-44

6.5.2 从选择的图层创建图层组

如果准备将多个图层创建在一个图层组中，可以先选择这些图层，再进行创建图层组操作，下面予以介绍。

第1步 选择准备创建在一个图层组中的多个图层，如图6-45所示。

图6-45

第2步 选择【图层】→【图层编组】菜单项即可创建图层组，如图6-46所示。

图6-46

第3步 单击【折叠图层组】图标▶即可在一个图层组中创建多个图层，如图6-47所示。

图6-47

知识拓展

选择准备创建在一个图层组中的多个图层，按<Ctrl>+<G>组合键可以快速从选择的图层中创建图层组。

选择【选择】→【全部】菜单项以选择图层上的全部像素，然后选择【编辑】→【拷贝】菜单项，再在目标图像中选择【编辑】→【粘贴】菜单项。

6.5.3 将图层移出或移入图层组

可以将图层从图层组中移出，也可以将图层移入图层组中。下面具体介绍在 Photoshop CS4 中将图层移入或移出图层组的方法。

第1步 选中图层1并向上拖动到组1的上方，如图6-48所示。

图6-48

第2步 通过上述操作即可将图层移出图层组，如图6-49所示。

图6-49

第3步 选中图层 4 并向下拖动至图层 1 上方，如图 6-50 所示。

第4步 通过上述操作即可将图层 4 移入图层组中，如图 6-51 所示。

图 6-50

图 6-51

6.5.4 锁定图层组

如果不准备编辑某图层组，可以将该图层组锁定以免错误编辑图层组中的图层。下面具体介绍锁定图层组的方法。

第1步 *1.* 选中"组 1"。*2.* 单击【图层锁定标志】图标🔒，如图 6-52 所示。

第2步 通过上述操作即可将锁定图层组 1，如图 6-53 所示。

图 6-52

图 6-53

6.5.5 取消图层编组

在编辑图像过程中，选中准备取消的图层组，选择【图层】→【取消图层编组】菜单项即可取消图层编组，下面予以介绍。

第1步 选中准备取消编组的图层组，如"组 1"，如图 6-54 所示。

第2步 选择【图层】→【取消图层编组】菜单项即可取消图层编组，如图 6-55 所示。

图 6-54

图 6-55

6.6　图　层　样　式

Photoshop 提供了各种效果（如阴影、发光和斜面）来更改图层内容的外观。图层样式是应用于一个图层或图层组的一种或多种效果。可以应用 Photoshop 附带提供的某一种预设样式，或者使用【图层样式】对话框来创建自定义样式。【图层效果】图标 *fx* 将出现在【图层】面板中的图层名称的右侧。可以在【图层】面板中展开样式，以便查看或编辑合成样式的效果。

6.6.1　添加图层样式

如果准备为图层添加图层样式，可以选择该图层，然后进行添加图层样式操作，下面分别予以介绍。

第1步 *1.* 选择图层。*2.* 单击【添加图层样式】按钮 *fx.*。*3.* 在弹出的菜单中选择【投影】菜单项，如图 6-56 所示。

第2步 *1.* 弹出【图层样式】对话框，设置【投影】的效果。*2.* 单击【确定】按钮 确定 ，如图 6-57 所示。

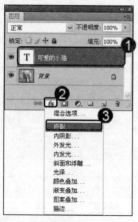

图 6-56

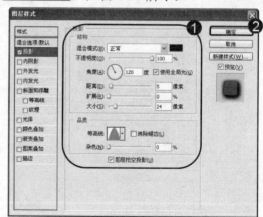

图 6-57

第3步 通过上述操作即可为图层添加图层样式，如图 6-58 所示。

图 6-58

添加图层样式

知识拓展

选中图层，选择【图层】→【图层样式】菜单项，在弹出的菜单中将显示各种图层样式选项。

根据需要也可以为图层组设置混合模式。默认情况下，图层组的混合模式是"穿透"，表示组没有自己的混合属性。为组选取其他混合模式时，可以有效地更改图像各个组成部分的合成顺序。

知识精讲

双击准备添加图层样式的图层，弹出【图层样式】对话框，在【样式】选项组中选中相应的复选框，并在右侧的区域中设置相应的效果，同样可以进行添加图层样式操作。

"背景"图层不能添加图层样式，如果准备为"背景"图层添加样式，必须将它转换为普通图层。

6.6.2 投影

在编辑图像文件过程中，添加投影效果可以使图层内容更加形象，更富有立体效果。下面具体介绍在图层中添加投影样式的方法。

第1步 双击准备添加投影效果的图层，如"图层 1"，如图 6-59 所示。

知识拓展

选中图层 1，单击【添加图层样式】按钮 *fx.*，在弹出的菜单中选择【投影】菜单项，同样可以进行添加投影效果操作。

图 6-59

第3步 通过上述操作即可为"图层 1"添加投影样式，如图 6-61 所示。

图 6-61

第2步 *1.* 弹出【图层样式】对话框，选中【投影】复选框。*2.* 选择【强光】列表项。*3.* 在【大小】文本框中输入大小值，如 24。*4.* 单击【确定】按钮 确定 ，如图 6-60 所示。

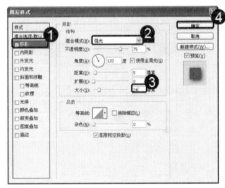

图 6-60

知识拓展

在编辑图像过程中，不仅可以设置图层的投影样式，还可以为文字设置投影效果。

如果图层包含使用投影图层效果绘制的形状或文本，则可调整填充不透明度以便在不更改阴影的不透明度的情况下，更改形状或文本自身的不透明度。

6.6.3 内阴影

"内阴影"效果可以在紧靠图层内容的边缘内添加阴影，使图层内容产生凹陷的效果。下面具体介绍设置内阴影效果的方法。

第1步 *1.* 选择图层。*2.* 单击【添加图层样式】按钮 *fx.*。*3.* 在弹出的菜单中选择【内阴影】菜单项，如图 6-62 所示。

图 6-62

第3步 *1.* 弹出【等高线编辑器】对话框，单击等高线以添加点，并拖动以调整等高线。*2.* 单击【确定】按钮 确定，如图 6-64 所示。

图 6-64

第5步 通过上述操作即可设置内阴影效果，如图 6-66 所示。

图 6-66

第2步 *1.* 弹出【图层样式】对话框，选择【正常】列表项。*2.* 滑动【阴影】比例滑块。*3.* 设置【大小】值为 54。*4.* 单击【等高线】按钮，如图 6-63 所示。

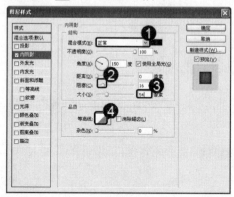

图 6-63

第4步 返回到【图层样式】对话框，单击【确定】按钮 确定，如图 6-65 所示。

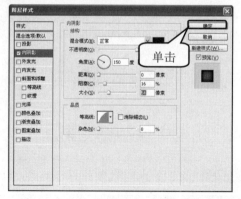

图 6-65

知识拓展

在添加内阴影效果时，如果对等高线进行了调整，则在【图层样式】对话框中单击【等高线】按钮 右侧的下拉按钮，在弹出的面板中，新等高线即会被添加到弹出式面板的底部。

根据需要可以在图层中依次添加投影和内阴影，以共同设置图层的混合模式。

6.6.4　外发光

外发光是指从图层内容的外边缘发光的一种效果。下面具体介绍设置图层外发光的操作方法。

第1步　*1.* 选中"图层 0"。*2.* 单击【添加图层样式】按钮 **fx.**。*3.* 在弹出的菜单中选择【外发光】菜单项，如图 6-67 所示。

第2步　*1.* 弹出【图层样式】对话框，设置结构颜色为"红色"。*2.* 设置【大小】值为 35。*3.* 单击【确定】按钮 确定 ，如图 6-68 所示。

图 6-67

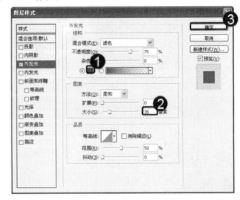

图 6-68

第3步　通过上述操作即可设置外发光效果，如图 6-69 所示。

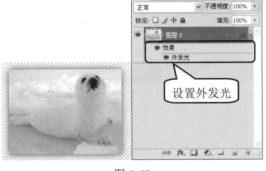

设置外发光

图 6-69

知识拓展

在【图素】选项组中选择【柔和】列表项表示：应用模糊，可用于所有类型的杂边，不论其边缘是柔和的还是清晰的。"柔和"不保留大尺寸的细节特征。

【精确】列表项表示：使用距离测量技术创造发光效果，主要用于消除锯齿形状（如文字）的硬边杂边。它保留特写的能力优于"柔和"技术。

知识精讲

在设置外发光图层样式过程中，可以通过滑动【图素】选项组中的【扩展】滑块调整外发光的范围。

6.6.5　内发光

内发光是指从图层内容的内边缘发光的一种效果。下面具体介绍设置图层内发光的操作方法。

第1步 双击准备进行内发光设置的图层，如图 6-70 所示。

知识拓展

选中图层 0，选择【图层】→【图层样式】→【内发光】菜单项，也可以进行图层内发光操作。

图 6-70

第3步 通过上述操作即可设置内发光效果，如图 6-72 所示。

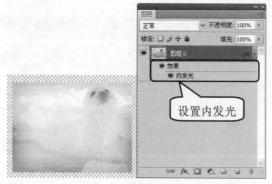

图 6-72

第2步 **1.** 弹出【图层样式】对话框，选中【内发光】复选框。**2.** 选中【居中】单选按钮。**3.** 向右滑动【大小】滑块。**4.** 单击【确定】按钮，如图 6-71 所示。

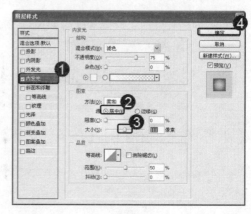

图 6-71

知识拓展

在【图层样式】对话框中设置【外发光】图层样式，其【结构】选项组中【不透明度】百分比数值越大，图像外发光效果越明显。

实用技巧

可以通过设置等高线来调整内发光的效果。

知识精讲

"内发光"效果可以沿图层内容的边缘向内创建发光效果。"内发光"效果除在【图素】区域中的【源】和【阻塞】外，其他部分的选项都与"外发光"效果相同。

如果准备缩小内发光的范围，可以滑动【品质】选项组中的【范围】比例滑块或在【范围】文本框中输入范围比例的大小值。

6.6.6 斜面和浮雕

在图像效果制作中，通过"斜面和浮雕"图层样式可以为指定的图层图像添加三维浮雕效果。下面具体介绍设置斜面和浮雕效果的方法。

第1步 双击准备进行内发光设置的图层，如图 6-73 所示。

第2步 *1.* 弹出【图层样式】对话框，选中【斜面和浮雕】复选框。*2.* 向右滑动【大小】滑块。*3.* 单击【确定】按钮，如图 6-74 所示。

图 6-73

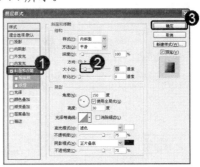

图 6-74

第3步 通过上述操作即可设置斜面和浮雕效果，如图 6-75 所示。

图 6-75

知识拓展

在 Photoshop CS4 中提供了 5 种浮雕样式，分别是外斜面、内斜面、浮雕效果、枕状浮雕和描边浮雕。

对于斜面和浮雕效果，设置光源的高度。值为 "0" 表示底边；值为 "90" 表示图层的正上方。

6.6.7 光泽

"光泽" 图层样式可以为图像添加光照水印效果，不仅方便单一图像特殊效果制作，而且可以对外来图片执行特殊光线效果，下面予以介绍。

第1步 *1.* 选择图层。*2.* 单击【添加图层样式】按钮 *fx.*。*3.* 在弹出的菜单中选择【光泽】菜单项，如图 6-76 所示。

第2步 *1.* 弹出【图层样式】对话框，设置【混合模式】的颜色。*2.* 设置【不透明度】大小。*3.* 单击【确定】按钮，如图 6-77 所示。

图 6-76

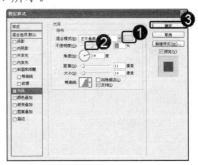

图 6-77

第3步 通过上述操作即可设置光泽效果，如图 6-78 所示。

图 6-78

知识拓展

光泽效果可以设置光滑光泽的内部阴影，通常用来创建金属表面的光泽外观。

光泽确定表面反射光的多少（就像在照相纸的表面上一样），范围从"杂边"（低反射率）到"发光"（高反射率）。

6.6.8　颜色叠加、渐变叠加和图案叠加

"颜色叠加"效果可以在图层上叠加指定的颜色，通过设置颜色的混合模式和不透明度，可以控制颜色的叠加效果。原始图像如图 6-79 所示，颜色叠加的参数设置如图 6-80 所示，最终图像效果如图 6-81 所示。

　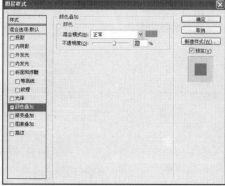　

图 6-79　　　　　　　　　　　图 6-80　　　　　　　　　　图 6-81

通过设置"渐变叠加"效果可以在图层上叠加指定的渐变颜色。原始图像如图 6-82 所示，渐变叠加的参数设置如图 6-83 所示，最终的效果如图 6-84 所示。

　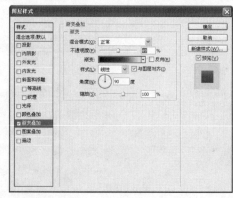　

图 6-82　　　　　　　　　　　图 6-83　　　　　　　　　　图 6-84

通过为图层添加【图案叠加】样式，可以将两种图像完美地融合在一起，制作出不同质感、材质和内容的图像效果。原始图像效果如图 6-85 所示，图案叠加的参数设置如图 6-86 所示，最终的效果如图所示 6-87 所示。

 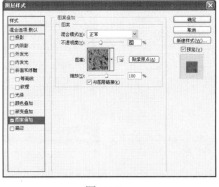 

图 6-85 图 6-86 图 6-87

6.6.9 描边

在图像编辑过程中，当一个图像编辑窗口内包含多个子图像文件时，通过添加"描边"图层样式可以"在视觉上区分不同的图像内容"或"根据用户需要突出单一图像内容"。原始图像如图 6-88 所示，描边样式的参数设置如图 6-89 所示，最终的效果如图 6-90 所示。

 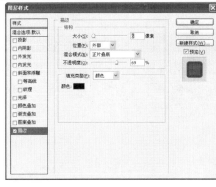 

图 6-88 图 6-89 图 6-90

6.7 编辑图层样式

使用 Photoshop CS4 提供的图层样式功能，可以灵活处理图层样式的效果，如显示与隐藏样式、修改样式参数、复制与删除样式和将图层样式创建为图层。

6.7.1 显示与隐藏样式

如果准备显示与隐藏图层样式，可以单击效果名称前的【眼睛】图标 👁，显示或隐藏图层样式，下面予以介绍。

第1步 单击外发光效果前的【眼睛】图标👁，如图 6-91 所示。

图 6-91

第2步 通过上述操作即可隐藏外发光图层效果，如图 6-92 所示。

图 6-92

第3步 在已隐藏的外发光效果前的【眼睛】图标👁处再次单击，如图 6-93 所示。

图 6-93

第4步 通过上述操作即可再次显示"图层0"中外发光效果，如图 6-94 所示。

图 6-94

知识精讲

如果准备隐藏图像文件中所有图层的效果，可以选择【图层】→【图层样式】→【隐藏所有效果】菜单项，如果准备再次显示这些图层的效果，可以选择【图层】→【图层样式】→【显示所有效果】菜单项。

6.7.2 修改样式参数

如果对当前的样式参数不满意，可以对其进行重新编辑以确定满意的效果。下面具体介绍修改样式参数的方法。

第1步 双击"图层0"中的外发光样式，如图 6-95 所示。

图 6-95

第2步 *1.* 弹出【图层样式】对话框，选择【排除】混合模式。*2.* 滑动【杂色】滑块。*3.* 单击【确定】按钮，如图 6-96 所示。

图 6-96

第3步 通过上述操作即可修改外发光图层样式，如图 6-97 所示。

图 6-97

6.7.3　复制与删除样式

根据需要还可以对图层样式进行复制与删除操作，下面具体介绍在 Photoshop CS4 中复制与删除图层样式的方法。

第1步 选中已添加了图层样式的图层，然后选择【图层】→【图层样式】→【拷贝图层样式】菜单项，如图 6-98 所示。

图 6-98

第2步 选中"图层 2"，然后选择【图层】→【图层样式】→【粘贴图层样式】菜单项，如图 6-99 所示。

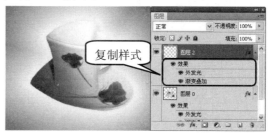

图 6-99

第3步 选中图层 2，然后选择【图层】→【图层样式】→【清除图层样式】菜单项，如图 6-100 所示。

图 6-100

第4步 通过上述操作即可删除"图层 2"中的图层样式，如图 6-101 所示。

图 6-101

6.7.4　将图层样式创建为图层

如果准备自定义或调整图层样式的外观，可以将图层样式转换为常规图像图层。将图层样式转换为图像图层后，可以通过绘画或应用命令和滤镜来增强效果。但是，不能够再编辑原图层上的图层样式，并且在更改原图像图层时图层样式将不再更新。下面予以介绍。

第1步 选中带有图层样式的图层，如"图层 0"，然后选择【图层】→【图层样式】→【创建图层】菜单项，如图 6-102 所示。

第2步 通过上述操作即可将图层样式创建为图层，如图 6-103 所示。

图 6-102

图 6-103

6.8 实 践 操 作

对认识图层、创建与编辑图层、排列与分布图层、合并图层、使用图层组管理图层、图层样式和编辑图层样式有所了解后，本节将针对以上所学知识制作两个案例，分别是绘制花瓣和制作按钮。

6.8.1 绘制花瓣

前面已经讲述了创建与编辑图层、排列与分布图层和合并图层方面的知识，本节将利用这些知识绘制花瓣，下面予以介绍。

素材文件	实例\第 6 章\素材文件\6-8-1.jpg
效果文件	实例\第 6 章\效果文件\6-8-1.psd

第1步 **1.** 新建图层。**2.** 利用【椭圆选框】工具 ○ 在图层 1 上绘制椭圆，如图 6-104 所示。

第2步 **1.** 设置前景色。**2.**按<Alt>+<Delete>组合键利用前景色填充椭圆选区，如图 6-105 所示。

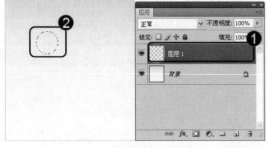

图 6-104

图 6-105

第3步 将图层1拖动到【图层】面板的【创建新图层】按钮 ![] 上，依次创建4个图层副本，如图6-106所示。

图 6-106

第4步 按<Ctrl>+<D>组合键取消选区，然后利用【移动】工具 ![] 对花瓣进行组合，如图6-107所示。

图 6-107

第5步 选中准备进行合并的图层，如图6-108所示。

图 6-108

第6步 按<Ctrl>+<E>组合键即可合并选中的图层，如图6-109所示。

图 6-109

第7步 将图层1副本4复制成两份，并将3个图层副本放置在合适的位置，如图6-110所示。

图 6-110

第7步 按<Ctrl>+<Shift>+<E>组合键合并可见图层即可完成绘制花瓣的操作，如图6-111所示。

图 6-111

6.8.2 制作按钮

对图层样式有所了解后，本节将利用"图层样式"方面的知识与技巧制作按钮，下面具体介绍制作按钮的方法。

素材文件	实例\第 6 章\素材文件\6-8-2.jpg
效果文件	实例\第 6 章\效果文件\6-8-2.psd

第1步 *1.* 新建图层。*2.* 利用【椭圆选框工具】⊙在图层 1 上绘制椭圆，如图 6-112 所示。

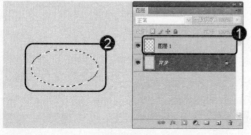

图 6-112

第2步 *1.* 利用【渐变填充工具】▇▇填充椭圆选区并取消选区。*2.* 双击"图层 1"，如图 6-113 所示。

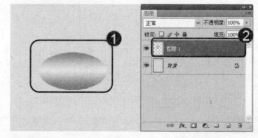

图 6-113

第3步 *1.* 弹出【图层样式】对话框，选中【斜面和浮雕】复选框。*2.* 向右滑动【大小】滑块。*3.* 选择一种光泽等高线。*4.* 单击【确定】按钮 ▭确定▭ ，如图 6-114 所示。

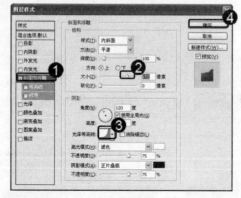

图 6-114

第4步 通过上述操作即可完成按钮的制作，如图 6-115 所示。

完成按钮制作

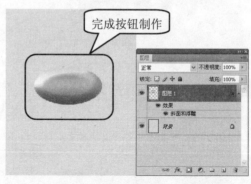

图 6-115

Chapter >> 7

通道和蒙版

本 章 要 点

1. 通道的分类
2. 创建与编辑通道
3. 通道计算
4. 快速蒙版
5. 图层蒙版

本章主要内容

　　本章主要介绍了通道的分类、创建与编辑通道、通道计算和快速蒙版方面的知识与技巧，同时还讲解了如何使用图层蒙版，在本章的最后还针对实际的工作需求，制作了两个案例，分别为复制与转移蒙版、取消链接与链接蒙版，希望用户通过学习这两个案例的制作过程能够完全掌握通道和蒙版方面的知识。

7.1 通道的分类

通道是存储不同类型信息的灰度图像。一个图像最多可有 56 个通道。所有的新通道都具有与原图像相同的尺寸和像素数目。通道的类型有 3 种，分别是颜色通道、Alpha 通道和专色通道。

7.1.1 颜色通道

颜色通道是在打开新图像时自动创建的。图像的颜色模式决定了所创建的颜色通道的数目。下面分别介绍 RGB 图像、CMYK 图像、Lab 图像、位图、灰度、双色调和索引颜色图像的颜色通道。

◆ **RGB 图像通道**

RGB 图像通道包含红、绿、蓝和一个用于编辑图像的复合通道，如图 7-1 所示。

图 7-1

◆ **CMYK 图像通道**

CMYK 图像通道包含青色、洋红、黄色、黑色和一个复合通道，如图 7-2 所示。

图 7-2

◆ **Lab 图像通道**

Lab 图像通道包含明度、a、b 和一个复合通道，如图 7-3 所示。

图 7-3

◆ **位图、灰度和双色调等图像通道**

位图、灰度、双色调和索引颜色图像都只一个通道，如图 7-4 所示。

图 7-4

7.1.2 Alpha 通道

在第 3 章中已经讲述了存储选区的方法，当完成存储选区操作后将在【通道】面板中显示已存储的 Alpha 通道。原始的图像文件如图 7-5 所示，图像文件的 Alpha 通道效果如图 7-6 所示。

图 7-5   图 7-6

7.1.3 专色通道

原始图像中的颜色通道在转换后的图像中变为专色通道。专色通道指定用于专色油墨印刷的附加印版，用来保存金银色以及一些需要特别要求的专色。通常情况下，专色通道是以专色的名称来命名的。原始的图像文件如图 7-7 所示，图像文件的专色通道效果图如图 7-8 所示。

图 7-7   图 7-8

7.2 创建与编辑通道

对通道的分类有所了解后，本节具体介绍创建与编辑通道方面的知识与技巧，分别是创建通道、复制通道、删除通道、分享与合并通道、显示和隐藏通道、Alpha 通道与选区的互相转换和创建专色通道。

7.2.1 创建通道

在操作过程中，有时候选取一个选区是比较烦琐的，选取好选区后如果一次用完，下次用的时候还要选取，用起来非常不方便，这时可以利用创建通道的方法保存目前的选区以便下次使用。可以创建空白 Alpha 通道，也可以保存选区为 Alpha 通道，下面分别予以介绍。

◆ 创建空白 Alpha 通道

　　单击【通道】面板中的【创建新通道】按钮 ▣ 即可创建空白的 Alpha 通道，如图 7-9 所示。

图 7-9

◆ 保存选区为 Alpha 通道

　　如果在当前文档中创建了选区，单击【将选区存储为通道】按钮 ◉ 即可保存选区为 Alpha 通道，如图 7-10 所示。

图 7-10

7.2.2 复制通道

　　如果准备在图像之间复制 Alpha 通道，则通道必须具有相同的像素尺寸。不能将通道复制到位图模式的图像中。下面进行详细介绍。

第 1 步 选中通道 "Alpha1"，单击并拖动至【创建新通道】按钮 ▣ 上，如图 7-11 所示。

第 2 步 通过上述操作即可复制通道，如图 7-12 所示。

图 7-11

图 7-12

知识精讲

　　选中准备复制的通道，单击【通道】面板菜单按钮 ▤，在弹出的【通道】面板菜单中选择【复制通道】菜单项即可复制通道。如果准备将当前的通道复制到另一个图像的通道中，可以将该通道从【通道】面板拖动到目标图像窗口。复制的通道即会出现在【通道】面板的底部。

7.2.3 删除通道

　　存储图像前，可以删除不再需要的专色通道或 Alpha 通道。复杂的 Alpha 通道将极大增加图像所需的磁盘空间。下面具体介绍删除通道的方法。

第1步 *1.* 选中准备删除的通道。*2.* 单击【删除】按钮 🗑，如图 7-13 所示。

图 7-13

第3步 通过上述操作删除"Alpha1 副本"通道，如图 7-15 所示。

删除通道

图 7-15

第2步 弹出【Adobe Photoshop CS4 Extended】对话框，提示是否删除"Alpha 通道"，单击【是】按钮 是(Y)，如图 7-14 所示。

单击

图 7-14

知识拓展

选择准备删除的通道，拖动该通道到【删除】按钮 🗑 上，即可删除该通道。

用白色绘画可以按 100% 的强度添加选中通道的颜色。用灰色值绘画可以按较低的强度添加通道的颜色。用黑色绘画可完全删除通道的颜色。

7.2.4　分离与合并通道

只能分离拼合图像的通道。当需要在不能保留通道的文件格式中保留单个通道信息时，分离通道非常有用。可以将多个灰度图像合并为一个图像的通道。准备合并的图像必须是处于灰度模式，并且已被拼合（没有图层）且具有相同的像素尺寸，还要处于打开状态。已打开的灰度图像的数量决定了合并通道时可用的颜色模式。下面具体介绍分离与合并通道的方法。

第1步 *1.* 在【通道】面板中单击【通道】面板按钮 ≡。*2.* 在弹出的菜单中选择【分离通道】菜单项，如图 7-16 所示。

图 7-16

第2步 通过上述操作即可将当前图层分离成 3 个灰色通道，如图 7-17 所示。

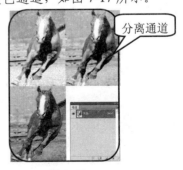

分离通道

图 7-17

第3步　1. 在【通道】面板中单击【通道】面板按钮■。 2. 在弹出的菜单中选择【合并通道】菜单项，如图7-18所示。

第4步　1. 弹出【合并通道】对话框，单击【模式】下拉列表框右侧的下拉按钮。 2. 在弹出的下拉列表中选择【RGB 颜色】列表项。 3. 单击【确定】按钮 确定 ，如图7-19所示。

图7-18

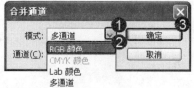

图7-19

第5步　弹出【合并 RGB 通道】对话框，单击【确定】按钮 确定 ，如图7-20所示。

第6步　通过上述操作即可将分离成3个单独灰度的文件合并成彩色通道，如图7-21所示。

图7-20

图7-21

知识精讲

在【合并通道】对话框中选择【多通道】列表项，可以将分离成的3个灰色通道合并成多通道。

7.2.5　显示和隐藏通道

在编辑图像通道过程中，可以通过显示和隐藏通道查看文档窗口中的任何通道组合。例如，可以同时查看 Alpha 通道和复合通道，观察 Alpha 通道中的更改与整幅图像是怎样的关系。下面具体介绍显示和隐藏通道的方法。

第1步　单击【绿】通道左侧的【眼睛】图标■，如图7-22所示。

第2步　通过上述操作即可隐藏【通道】面板中的绿色通道，如图7-23所示。

图7-22

图7-23

第3步 再次单击【绿】通道左侧已隐藏的【眼睛】图标👁，如图 7-24 所示。

第4步 通过上述操作即可显示已隐藏的绿色通道，如图 7-25 所示。

图 7-24

图 7-25

7.2.6　载入 Alpha 中的选区

如果已将选区保存到 Alpha 通道中，下次再使用时可以载入该通道到选区中，下面进详细介绍。

第1步 *1.* 选中 Alpha1 通道。*2.* 单击【选区载入】按钮 ⭕，如图 7-26 所示。

第2步 选中 RGB 通道即可显示已载入的选区，如图 7-27 所示。

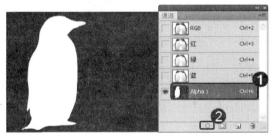

图 7-26

图 7-27

7.2.7　创建专色通道

专色通道指定用于专色油墨印刷的附加印版，用来保存金银色以及一些需要特别要求的专色，下面予以介绍。

第1步 *1.* 在图像文件中创建选区。*2.* 单击【通道】面板按钮 ▤。*3.* 在弹出的菜单中选择【新建专色通道】菜单项，如图 7-28 所示。

第2步 *1.* 弹出【新建专色通道】对话框，在【名称】文本框中输入通道名称。*2.* 单击【颜色】图标 ▨，如图 7-29 所示。

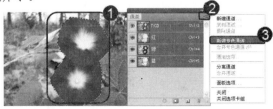

图 7-28

图 7-29

第3步 *1.* 弹出【选择专色】对话框，拾取颜色。*2.* 单击【确定】按钮 ▭确定▭ ，如图 7-30 所示。

第4步 返回到【新建专色通道】对话框，单击【确定】按钮 ▭确定▭ ，如图 7-31 所示。

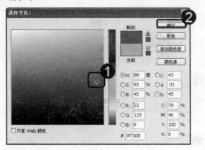

图 7-30

知识拓展

在【密度】文本框中输入数值可以设置油墨的密度。

图 7-31

第5步 通过上述操作即可创建专色通道，如图 7-32 所示。

创建专色通道

图 7-32

知识拓展

如果当前【通道】面板中有存储的 Alpha 通道，可以双击该通道，弹出【通道选项】对话框，在【色彩指示】选项组中选中【专色】单选按钮，选择合适的颜色，单击【确定】按钮 ▭确定▭ ，同样可以完成创建专色通道操作。

7.3 通 道 计 算

【计算】命令首先在两个通道的相应像素上执行数学运算（这些像素在图像上的位置相同），然后在单个通道中组合运算结果。下列两个概念是理解计算命令工作方式的基础：

- 通道中的每个像素都有一个亮度值。【计算】和【应用图像】命令处理这些数值以生成最终的复合像素。
- 这些命令叠加两个或更多通道中的像素。因此，用于计算的图像必须具有相同的像素尺寸。

7.3.1 使用应用图像命令

可以使用【应用图像】命令，将一个图像的图层和通道（源）与现用图像（目标）的图层和通道混合。

知识精讲

使用【应用图像】命令可以使用与图层关联的混合效果，将图像内部和图像之间的通道组合成新图像。

第 1 步 打开图像文件，选择【图像】→【应用图像】菜单项，如图 7-33 所示。

打开图像

图 7-33

第 3 步 隐藏"图层 1"，此时的背景为"图层 1"与背景的混合效果，如图 7-35 所示。

混合效果

图 7-35

第 2 步 **1.** 弹出【应用图像】对话框，选择【图层 1】列表项。**2.** 单击【确定】按钮 确定 ，如图 7-34 所示。

图 7-34

知识拓展

在【应用图像】对话框中，如果准备在计算中使用通道内容的负片，需要选中【反相】复选框。在【不透明度】文本框中输入数值，可以指定效果的强度。

7.3.2 使用计算命令

【计算】命令用于混合两个来自一个或多个源图像的单个通道，然后可以将结果应用到新图像或新通道，或现用图像的选区中。不能对复合通道应用"计算"命令。下面予以介绍。

第 1 步 打开图像文件，选择【图像】主菜单，在弹出的菜单中选择【计算】菜单项，如图 7-36 所示。

打开图像

图 7-36

第 2 步 **1.** 弹出【计算】对话框，在【源 1】选项组的【图层】列表框中选择【背景】列表项。**2.** 在【源 2】选项组的【图层】列表框中选择【图层 1】列表项。**3.** 单击【确定】按钮 确定 ，如图 7-37 所示。

图 7-37

第3步 通过上述操作即可使用【计算】命令混合图像，如图7-38所示。

第4步 保存已创建的通道，如图7-39所示。

完成计算

图 7-38

保存通道

图 7-39

7.4 快速蒙版

当选择某个图像的部分区域时，未选中区域将"被蒙版"或受保护以免被编辑。因此，创建了蒙版后，如果准备改变图像某个区域的颜色，或者对该区域应用滤镜或其他效果时，可以隔离并保护图像的其余部分，也可以在进行复杂的图像编辑时使用蒙版，比如将颜色或滤镜效果逐渐应用于图像。

7.4.1 创建快速蒙版

如果使用"快速蒙版"模式，需要从选区开始，然后给它添加或从中减去选区，以建立蒙版，也可以完全在"快速蒙版"模式下创建蒙版。受保护区域和未受保护区域以不同颜色进行区分。当离开"快速蒙版"模式时，未受保护区域成为选区。当在"快速蒙版"模式中工作时，【通道】面板中出现一个临时快速蒙版通道。但是，所有的蒙版编辑是在图像窗口中完成的。下面具体介绍创建快速蒙版的方法。

第1步 *1.* 选中【画笔工具】 。 *2.* 设置【画笔工具】的参数。 *3.* 单击【快速蒙版】按钮 ，如图7-40所示。

第2步 使用【画笔工具】 ，在图像文件上涂抹即可创建快速蒙版，此时"快速蒙版"模式会用红色、50%不透明的叠加为受保护区域着色，如图7-41所示。

图 7-40

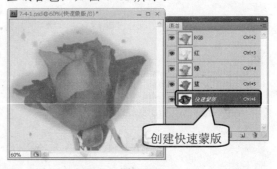

创建快速蒙版

图 7-41

通道和蒙版

> **知识精讲**
>
> 在图像文件上创建选区，然后在工具箱中单击【快速蒙版】按钮 ◎ ，同样可以快速创建蒙版。在【通道】面板中双击【快速蒙版】通道，弹出【快速蒙版选项】对话框，此时可以根据个人需要设置蒙版的颜色和不透明度等。

7.4.2 关闭快速蒙版

当单击【快速蒙版】按钮 ◎ 时，工具箱中的【快速蒙版】按钮 ◎ 转换为【标准模式】按钮 ◎ ，单击该按钮即可进行关闭快速蒙版操作，下面予以介绍。

第1步 在工具箱中单击【标准模式】按钮 ◎ ，如图 7-42 所示。

第2步 通过上述操作即可关闭快速蒙版模式返回到标准模式，如图 7-43 所示。

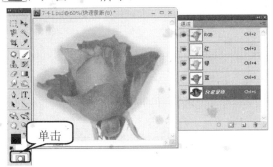

图 7-42

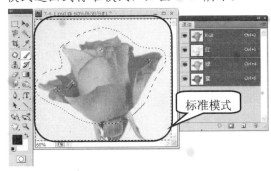

图 7-43

7.4.3 蒙版转换为通道

当在图层中创建蒙版后，将在【通道】面板中显示已创建的图层蒙版，根据实际的工作需求，可以将蒙版转换为通道，下面予以介绍。

第1步 在【通道】面板中右击已创建的图层 1 蒙版，在弹出的快捷菜单中选择【复制通道】菜单项，如图 7-44 所示。

第2步 *1.* 弹出【复制通道】对话框，在【复制：图层 1 蒙版为】文本框中输入通道的名称。*2.* 单击【确定】按钮 ，如图 7-45 所示。

图 7-44

图 7-45

第3步 通过上述操作即可将蒙版转换为通道，如图 7-46 所示。

图 7-46

知识拓展

如果准备创建选区相反的通道，可以在弹出的【复制通道】面板中选中【反相】复选框，然后单击【确定】按钮 确定 ，即可创建选区相反的通道。

对于通道，可以选择任何颜色通道或 Alpha 通道以用做蒙版，也可使用基于现用选区或选中图层（透明区域）边界的蒙版。

7.5 图层蒙版

在【图层】面板中，使用蒙版可以遮蔽整个图层或图层组，可为图层选择区域添加蒙版，也可以向蒙版中添加或减少图像内容，添加蒙版的图层为灰度图像，用黑色绘制的图像将会隐藏，白色描绘的图像将会显示，然而用灰色调绘制的图像则以不同透明度级别显示，因此在图层蒙版的操作中，蒙版图像又被称为灰度图像。

7.5.1 创建图层蒙版

普通图层的蒙版是一幅 256 色的灰度图像，其白色区域为完全透明，黑色则为不透明区域，而灰度区域则处于半透明状态，是一种较为常见的图层蒙版形式。下面具体介绍创建图层蒙版的方法。

第1步 **1.** 选中"图层 1"的选区。**2.** 在【图层】面板中单击【添加矢量蒙版】按钮 ▢ ，如图 7-47 所示。

第2步 通过上述操作即可创建快速蒙版，如图 7-48 所示。

图 7-47

创建图层蒙版

图 7-48

7.5.2　显示和隐藏图层蒙版

与图层一样，也可以对图层蒙版进行显示与隐藏操作。下面具体介绍显示和隐藏图层蒙版的方法。

第1步　在【通道】面板中单击"图层 1 蒙版"左侧已隐藏的眼睛图标👁处，如图 7-49 所示。

图 7-49

第2步　通过上述操作即可显示图层蒙版，此时"图层 1"以红色、50%不透明的叠加为受保护区域着色，如图 7-50 所示。

图 7-50

第3步　再次单击【通道】面板中"图层 1 蒙版"左侧的眼睛图标👁，如图 7-51 所示。

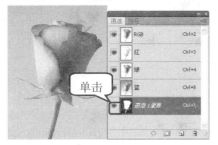

图 7-51

第4步　通过上述操作即可隐藏图层蒙版，如图 7-52 所示。

图 7-52

7.5.3　停用和删除图层蒙版

如果不准备编辑目前的蒙版可以停用该蒙版，如果不准备使用当前的蒙版还可以删除以减少存储空间。下面具体介绍在 Photoshop CS4 中停用和删除图层蒙版的方法。

第1步　右击【链接】图标📎，在弹出的快捷菜单中选择【停用图层蒙版】菜单项，如图 7-53 所示。

图 7-53

第2步　通过上述操作即可停用图层蒙版，如图 7-54 所示。

图 7-54

第3步 右击【链接】图标 ⑧，在弹出的快捷菜单中选择【删除图层蒙版】菜单项，如图7-55所示。

第4步 通过上述操作即可删除图层蒙版，如图7-56所示。

图 7-55

图 7-56

7.6 实 践 操 作

对通道的分类、创建与编辑通道、通道计算、快速蒙版和图层蒙版有所了解后，本节将针对以上所学知识制作两个案例，分别是复制与转移蒙版和取消链接蒙版。

7.6.1 复制与转移蒙版

前面已经讲述了快速蒙版和图层蒙版方面的知识与技巧，本节将具体介绍复制与转移蒙版的方法。

素材文件	实例\第7章\素材文件\57.png，58.png
效果文件	实例\第7章\效果文件\7-6-1.psd

第1步 在【图层】面板中为"图层2"创建图层蒙版，如图7-57所示。

第2步 按住<Alt>键不放的同时，将最上方的图层蒙版拖动至"图层2"上方，如图7-58所示。

图 7-57

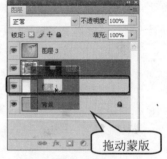

图 7-58

第3步 通过上述操作即可复制图层蒙版，如图 7-59 所示。

图 7-59

第5步 通过上述操作即可移动"图层2蒙版"至图层3，如图 7-61 所示。

图 7-61

第4步 拖动"图层2"蒙版至"图层3"上方，如图 7-60 所示。

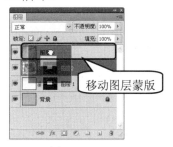

图 7-60

知识拓展

将"图层2"的蒙版拖动至"图层3"上方时，"图层2"将不再有蒙版。

根据需要也可以将"色彩范围"功能应用于蒙版，以使图层效果更加突出，图层颜色更加柔和。

7.6.2　取消链接与链接蒙版

创建图层蒙版后，蒙版缩览图和图像缩览图中间有一个链接图标 ，它表示蒙版与图像处于链接状态，此时进行变换等操作时，蒙版将会与之一同变换，如果不准备同时编辑图层与蒙版可以进行取消链接蒙版操作，再次链接还可以同时进行变换，下面予以介绍。

素材文件	实例\第 7 章\素材文件\62.png
效果文件	实例\第 7 章\效果文件\7-6-2.psd

第1步 为"图层 0"创建图层蒙版，然后选中"图层 0"，如图 7-62 所示。

图 7-62

第2步 选择【图层】→【图层蒙版】→【取消链接】菜单项即可取消链接蒙版，如图 7-63 所示。

图 7-63

第3步 选择【图层】→【图层蒙版】→【链接】菜单项即可再次链接蒙版，如图 7-64 所示。

链接蒙版

图 7-64

 **知识拓展**

单击蒙版缩览图和图像缩览图中间的【链接】图标，也可以进行取消链接蒙版操作。

知识精讲

蒙版存储在 Alpha 通道中。蒙版和通道都是灰度图像，因此可以像使用绘画工具、编辑工具和滤镜编辑任何其他图像一样对它们进行编辑。在蒙版上用黑色绘制的区域将会受到保护；而蒙版上用白色绘制的区域是可编辑区域。

 读书笔记

_____

_____

_____

_____

_____

_____

_____

_____

_____

_____

_____

_____

Chapter >> 8

矢量工具与路径

本章要点

1. 路径与锚点
2. 使用钢笔工具绘制图形
3. 使用形状工具绘制图形
4. 路径面板
5. 编辑路径

本章主要内容

本章主要介绍了路径与锚点、使用钢笔工具绘制图形、使用形状工具绘制图形和路径面板方面的知识与技巧，同时还讲解了编辑路径方面的知识与技巧，在本章的最后还针对实际的工作需求制作了两个案例，分别是绘制闪闪红星和绘制卡通小人，希望用户通过学习这两个案例的制作过程能够完全掌握矢量工具与路径方面的知识。

8.1 路径与锚点

在使用矢量工具，如【钢笔工具】时，需要先了解路径与锚点的用途，本节将具体介绍路径和锚点方面的知识与技巧。

8.1.1 认识路径

路径由一个或多个直线段或曲线段组成，是一种可以转换为选区或者使用颜色填充和描边的轮廓，在 Photoshop CS4 中路径的使用情况有 3 种，分别是起点和终点均开放的路径，如图 8-1 所示；起点和终点均闭合的路径，如图 8-2 所示；包含多个子路径的路径，如图 8-3 所示。

图 8-1

图 8-2

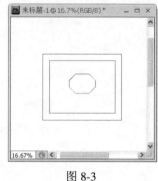
图 8-3

8.1.2 认识锚点

路径由直线路径段或曲线路径段组成，以锚点进行连接。在曲线段上，每个选中的锚点显示一条或两条方向线，方向线以方向点结束。方向线和方向点的位置决定曲线段的大小和形状。移动这些图素将改变路径中曲线的形状。

锚点可分为两种，一种是平滑点，一种是角点，平滑点连接可以形成平滑的曲线，如图 8-4 所示；角点连接形成直线，如图 8-5 所示；转角曲线，如图 8-6 所示。

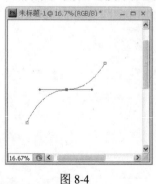
图 8-4

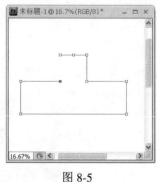
图 8-5

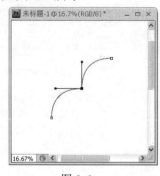
图 8-6

8.2　使用钢笔工具绘制图形

　　Photoshop 提供了多种钢笔工具。标准钢笔工具可用于绘制具有最高精度的图像；自由钢笔工具可用于像使用铅笔在纸上绘图一样来绘制路径；磁性钢笔选项可用于绘制与图像中已定义区域的边缘对齐的路径。本节将具体介绍钢笔工具选项栏、绘制直线路径、绘制曲线路径、绘制闭合路径、自由钢笔工具和磁性钢笔工具。

8.2.1　钢笔工具选项栏

　　可以组合使用钢笔工具和形状工具以创建复杂的形状。使用标准钢笔工具时，钢笔工具选项栏如图 8-7 所示。

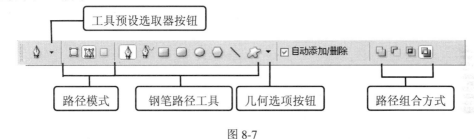

图 8-7

　　在钢笔工具选项栏中单击【工具预设】选取器按钮，弹出【工具预设】选取器下拉列表，如果在该列表中有已存预设路径结构文件，根据用户需要可以直接单击并套用此预设路径结构文件，从而在路径操作过程中，简化路径操作步骤，为用户提供技术操作支持。

　　在【路径模式】区域中，拥有 3 种路径模式功能按钮，下面对其具体功能分别予以介绍。
- **【形状图层】按钮**：单击此按钮，可以在单一图层中创建形状路径。
- **【路径】按钮**：单击此按钮，可为当前图层绘制工作路径，并通过对其具体功能的设置改变所创建路径的选区、矢量蒙版，颜色填充、描边以及栅格图形。
- **【填充像素】按钮**：单击此按钮可直接在图层中以手绘形式绘制目标路径，为图像添加不规则路径效果，为路径的进一步操作提供可执行选区。
- **【钢笔路径工具】区域**：通过路径工具按钮的使用，可以切换形状工具与钢笔路径编辑工具之间的使用关系，得到图形路径相结合的路径编辑方式。
- **【自动添加/删除】复选框**：可为当前编辑线段上的任何位置添加锚点或删除锚点，方便了线段的编辑与形态调节。
- **【几何选项按钮】**：单击该按钮，在弹出的下拉面板中选中【橡皮带】复选框，可以在移动指针时预览两次单击之间的路径段。

　　【路径组合方式】区域中列有 4 种路径组合方式按钮，控制着形状区域的选取环节，其具体功能如下：
- **【添加到形状区域】按钮**：单击此按钮，可以将二次建立区域合并到首次建立区域的形状或路径中再行编辑。
- **【从形状区域减去】按钮**：单击此按钮，可将重叠区域从当前形状或路径中减去。
- **【交叉形状区域】按钮**：单击该按钮，可将区域划定在二次建立区域与首次建立区域的形状或路径交叉区域上。

■ 【重叠形状区域除外】按钮 🔲：单击该按钮，可从二次建立区域与首次建立区域的合并区域中排除重叠区域。

8.2.2 绘制直线路径

使用【钢笔工具】🖊 可以绘制的最简单路径是直线，方法是通过单击【钢笔工具】🖊 创建两个锚点。继续单击可创建由角点连接的直线段组成的路径。

第1步 *1.* 选择【钢笔工具】🖊。*2.* 在工具选项栏中单击【路径】按钮 🔳。*3.* 在绘图区域单击以创建第一个锚点，如图 8-8 所示。

第2步 释放鼠标左键，将光标移至下一点并单击，以创建第二个锚点，如图 8-9 所示。

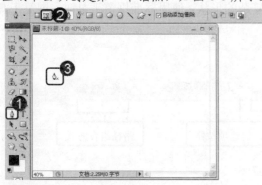

图 8-8

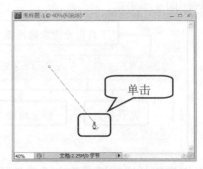

图 8-9

第3步 在图像文件上依次单击以指定第三点和其他点，即可绘制直线路径，如图 8-10 所示。

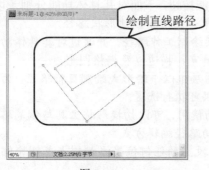

图 8-10

智慧锦囊

如果准备绘制水平、垂直或以 45° 为增量的直线，可以按住<Shift>键的同时单击以指定锚点。

知识拓展

最后添加的锚点总是显示为实心方形，表示已选中状态。当添加更多的锚点时，以前定义的锚点会变成空心并被取消选择。

知识精讲

在图像文件上单击即可绘制直线，如果不小心拖动了鼠标，将创建曲线，可以选择【编辑】→【还原新建锚点】菜单项并单击，即可再次进行绘制直线路径操作。

8.2.3 绘制曲线路径

当单击鼠标指定第一个锚点后，在图像文件中单击并拖动【钢笔工具】即可绘制曲线路径。下面具体介绍绘制曲线路径的方法。

第1步 **1.** 选择【钢笔工具】 ✎。**2.** 在工具选项栏中单击【路径】按钮 🖼。**3.** 在绘图区域单击以创建第一个锚点，如图 8-11 所示。

图 8-11

第2步 单击并向下拖动鼠标以创建第二个锚点，如图 8-12 所示。

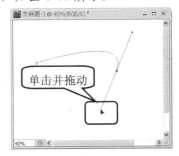

单击并拖动

图 8-12

第3步 释放鼠标即可绘制曲线路径，如图 8-13 所示。

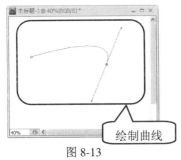

绘制曲线

图 8-13

第4步 按<Esc>键即可结束路径的绘制，如图 8-14 所示。

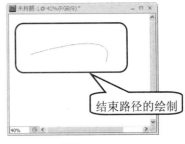

结束路径的绘制

图 8-14

知识精讲

如果在图像文件上已绘制了直线，可以在准备改变曲线方向的位置添加一个锚点，然后拖动构成曲线形状的方向线。方向线的长度和斜度决定了曲线的形状。

8.2.4 绘制闭合路径

在创建路径时，经常需要绘制闭合路径以转换为选区。下面具体介绍在 Photoshop CS4 中绘制闭合路径的方法。

第1步 在绘图区域依次单击以指定直线的第一、二、三、四锚点，如图 8-15 所示。

绘制锚点

图 8-15

第2步 移动光标到第一个锚点处，此时光标变成 ℴ 形状，然后单击，如图 8-16 所示。

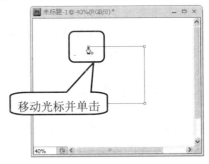

移动光标并单击

图 8-16

第3步 通过上述操作即可绘制闭合路径，如图 8-17 所示。

图 8-17

知识拓展

如果准备中闭合路径，可以选择该对象并选择【对象】→【路径】→【闭合路径】菜单项。

如果准备闭合路径，可以将【钢笔工具】定位在第一个（空心）锚点上。如果放置的位置正确，钢笔工具指针旁将出现一个小圆圈，单击或拖动可闭合路径。

8.2.5 自由钢笔工具

【自由钢笔工具】可用于随意绘图，就像用铅笔在纸上绘图一样。在绘图时，将自动添加锚点，而无须确定锚点的位置，完成路径后可进一步对其进行调整。下面具体介绍使用【自由钢笔工具】的方法。

第1步 1. 选择【自由钢笔工具】。2. 在工具选项栏中单击【路径】按钮，如图 8-18 所示。

第2步 在绘图区域内单击并拖动鼠标即可绘制路径，如图 8-19 所示。

图 8-18

绘制路径

图 8-19

知识精讲

如果准备控制最终路径对鼠标或光笔移动的灵敏度，可以单击工具选项栏中的【几何选项按钮】，然后在【曲线拟合】文本框中输入介于 0.5～10.0 像素之间的值。此值越高，创建的路径锚点越少，路径越简单。

8.2.6 磁性钢笔工具

【磁性钢笔】是自由钢笔工具的选项，它可以绘制与图像中定义区域的边缘对齐的路径。可以定义对齐方式的范围和灵敏度，以及所绘路径的复杂程度。下面具体介绍使用磁性钢笔工具的方法。

第1步 **1.** 选择【自由钢笔工具】✎。**2.** 在工具选项栏中单击【路径】按钮▨。**3.** 在工具选项栏中选中【磁性的】复选框，如图8-20所示。

图 8-20

第2步 在对象边缘单击，然后沿边缘拖动光标，如图8-21所示。

拖动光标

图 8-21

第3步 移动光标到第一个锚点处，此时光标变成⬡形状，如图8-22所示。

移动光标

图 8-22

第4步 单击鼠标即可完成使用磁性钢笔工具绘制路径的操作，如图8-23所示。

绘制路径

图 8-23

知识精讲

单击工具选项栏中的【几何选项】按钮·，在弹出的下拉面板中，在【宽度】文本框中可以输入介于1～256之间的像素值。磁性钢笔只检测从指针开始指定距离以内的边缘。在【对比】文本框中输入介于1～100之间的百分比值，指定将该区域看做边缘所需的像素对比度。此值越高，图像的对比度越低。在【频率】文本框中输入介于0～100之间的值，指定钢笔设置锚点的密度。此值越高，路径锚点的密度越大。

8.3　使用形状工具绘制图形

选择形状工具将会更改选项栏中的可用选项。如果准备访问这些形状工具选项，可以单击工具选项栏中的【几何选项】按钮·。本节将介绍【矩形工具】、【圆角矩形工具】、【椭圆工具】、【多边形工具】、【直线工具】等自定形状工具的使用方法。

8.3.1　矩形工具

使用【矩形工具】可以绘制矩形和正方形，下面具体介绍在 Photoshop CS4 中利用【矩形工具】绘制矩形和正方形的方法。

第1步 *1.* 选择【矩形】工具□。*2.* 单击【形状图层】按钮□。*3.* 单击【样式】下拉列表框右侧的下拉按钮。*4.* 在弹出的下拉菜单中选择准备应用的样式，如图 8-24 所示。

第2步 在绘图区域中单击并拖动鼠标，即可绘制矩形和正方形，如图 8-25 所示。

图 8-24

绘制矩形

图 8-25

知识精讲

在使用【矩形工具】□创建矩形时，按住<Shift>键不放进行拖动可以创建正方形；按住<Alt>键不放进行拖动会以单击点为中心向外创建矩形；按住<Shift> + <Alt>键不放进行拖动会以单击点为中心向外创建正方形。

8.3.2 圆角矩形工具

在 Photoshop CS4 中使用【圆角矩形工具】□可以创建圆角矩形。下面具体介绍使用【圆角矩形工具】的方法。

第1步 *1.* 选择【圆角矩形工具】□。*2.* 单击【形状图层】按钮□。*3.* 在【半径】文本框中输入半径值。*4.* 选择准备应用的样式，如图 8-26 所示。

第2步 在绘图区域单击并拖动鼠标即可绘制圆角矩形，如图 8-27 所示。

图 8-26

绘制圆角矩形

图 8-27

8.3.3 椭圆工具

使用【椭圆工具】◉可以创建椭圆形和圆形。下面具体介绍在 Photoshop CS4 中使用【椭圆工具】绘制椭圆形和圆形的方法。

第1步 **1.** 选择【椭圆工具】◉。**2.** 单击【形状图层】按钮◻。**3.** 选择准备应用的样式，如图 8-28 所示。

第2步 **1.** 在绘图区域单击并拖动鼠标绘制椭圆。**2.** 单击【几何选项】按钮▾。**3.** 在弹出的下拉面板中选中【圆（绘制直径或半径）】单选按钮，如图 8-29 所示。

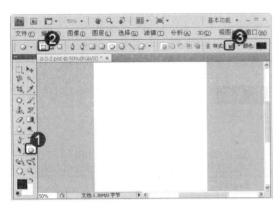

图 8-28

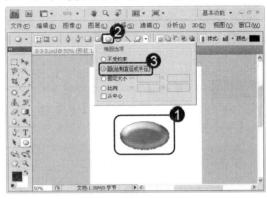

图 8-29

第3步 **1.** 在绘图区域单击并拖动鼠标即可绘制圆形。**2.** 在【路径组合方式】区域单击【添加到形状区域】按钮◻，如图 8-30 所示。

第4步 在绘图区域内单击并拖动鼠标，即可绘制圆形添加到指定的形状，如图 8-31 所示。

图 8-30

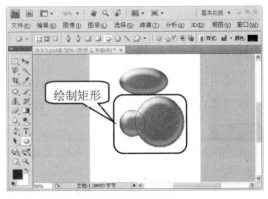

图 8-31

8.3.4 多边形工具

使用【多边形工具】◉可以创建多边形和星形。下面具体介绍在 Photoshop CS4 中使用【多边形工具】创建多边形和星形的方法。

第1步 **1.** 选择【多边形工具】⬡。**2.** 单击【形状图层】按钮◻。**3.** 在【边】文本框中输入数值。**4.** 选择准备应用的样式，如图 8-32 所示。

第2步 在绘图区域单击并拖动鼠标即绘制八边形，如图 8-33 所示。

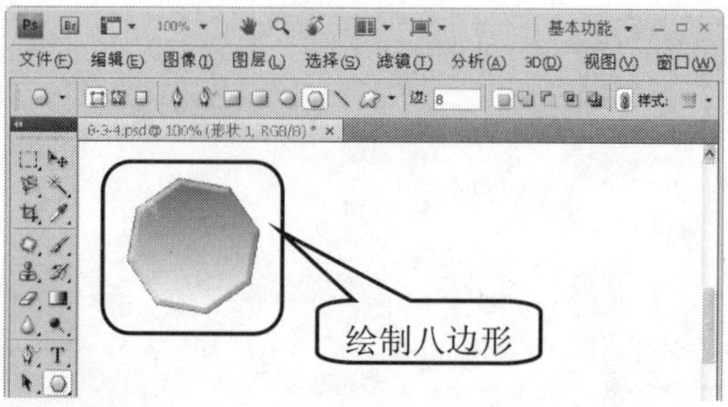

图 8-32

图 8-33

第3步 **1.** 单击【几何选项按钮】▾。**2.** 在弹出的下拉面板中选中【星形】复选框。**3.** 选中【平滑缩进】复选框，如图 8-34 所示。

第4步 在绘图区域单击并拖动鼠标即可绘制星形，如图 8-35 所示。

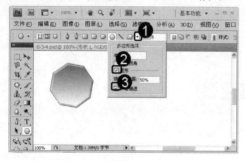

图 8-34

图 8-35

8.3.5 直线工具

使用【直线工具】╲可以创建直线和带有箭头的线段。下面具体介绍在 Photoshop CS4 中使用【直线工具】创建直线和带有箭头的线段的方法。

第1步 **1.** 选择【直线工具】╲。**2.** 在【粗细】文本框中输入数值。**3.** 选择样式，如图 8-36 所示。

第2步 在绘图区域单击并拖动鼠标即可绘制直线，如图 8-37 所示。

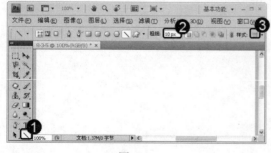

图 8-36

图 8-37

8.3.6 自定形状工具

【自定形状工具】可创建从自定形状列表中选择的自定形状。下面具体介绍在 Photoshop CS4 中使用【自定形状工具】的方法。

第1步 **1.** 选择【自定形状工具】 。**2.** 单击【形状】下拉列表框右侧的下拉按钮。**3.** 在弹出的下拉面板中选择准备应用的形状。**4.** 选择准备应用的样式，如图 8-38 所示。

第2步 在绘图区域单击并拖动鼠标即可绘制自定形状，如图 8-39 所示。

图 8-38

图 8-39

8.4 路径面板

当使用钢笔工具或形状工具创建工作路径时，新的路径以工作路径的形式出现在【路径】面板中。工作路径是临时的，必须存储它以免丢失其内容。如果没有存储便取消选择了工作路径，当再次开始绘图时，新的路径将取代现有路径。

8.4.1 认识路径面板

【路径】面板用于保存和管理路径，面板中显示了存储的路径、当前工作路径和当前矢量蒙版的名称和缩览图。关闭缩览图可提高性能。如果准备查看路径，必须先在【路径】面板中选择路径名。选择【窗口】→【路径】菜单项即可打开【路径】面板，如图 8-40 所示。

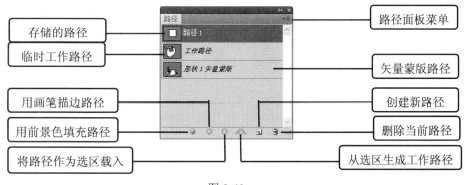

图 8-40

- ■ **存储的路径/临时工作路径/矢量蒙版路径**：显示了当前文件中包含的路径、临时路径和矢量蒙版路径。
- ■ **【用前景色填充路径】按钮** ⚫：单击该按钮，可以用前景色填充路径区域。
- ■ **【用画笔描边路径】按钮** ○：单击该按钮，可以用【画笔工具】对路径进行描边。
- ■ **【将路径作为选区载入】按钮** ⬭：单击该按钮，可以将当前选择的路径转换为选区。
- ■ **【从选区生成工作路径】按钮** ◬：单击该按钮，可以从当前的选区中生成工作路径。
- ■ **【创建新路径】按钮** ◲：单击该按钮，可以创建新的路径。
- ■ **【删除当前路径】按钮** 🗑：单击该按钮，可以删除当前选择的路径。
- ■ **【路径面板菜单】按钮** ▤：单击该按钮将弹出路径面板菜单，可以选择相应选项进行相应设置。

8.4.2 显示和隐藏路径

如果不准备显示当前的路径可以对其进行隐藏，再次使用时再予以显示。下面具体介绍在 Photoshop CS4 中显示和隐藏路径的方法。

第 1 步 在【路径】面板中单击"形状 1 矢量蒙版"，如图 8-41 所示。

第 2 步 通过上述操作即可选中路径，如图 8-42 所示。

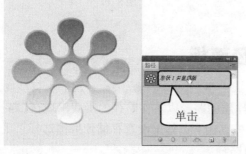

图 8-41

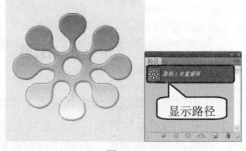

图 8-42

第 3 步 单击【路径】面板的空白处，如图 8-43 所示。

第 4 步 通过上述操作即可隐藏"形状 1 矢量蒙版"，如图 8-44 所示。

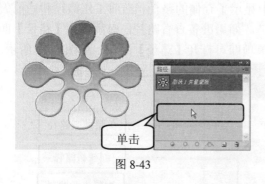

图 8-43

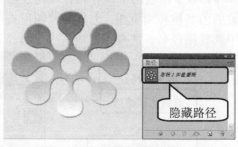

图 8-44

8.4.3 创建新路径

在【路径】面板中，列出了当前编辑图像中存在的所有路径，下面以打开【路径】面板为例，讲解创建新路径的具体操作方法。

第1步 在【路径】面板中单击【创建新路径】按钮 <img>，如图 8-45 所示。

第2步 通过上述操作即可创建新路径，如图 8-46 所示。

图 8-45

图 8-46

8.4.4 存储路径

对于创建的工作路径和矢量蒙版路径可以进行存储路径操作。下面具体介绍存储路径的方法。

第1步 *1.* 选择工作路径。*2.* 单击【路径】面板菜单按钮 <img>。*3.* 在弹出的面板菜单中选择【存储路径】菜单项，如图 8-47 所示。

第2步 *1.* 弹出【存储路径】对话框，在【名称】文本框中输入路径的名称。*2.* 单击【确定】按钮 <img>，如图 8-48 所示。

图 8-47

单击【取消】按钮 <img> 可以取消存储路径操作。

图 8-48

第3步 通过上述操作即可存储工作路径为"路径 2"，如图 8-49 所示。

第4步 *1.* 选择工作路径。*2.* 单击【路径】面板菜单按钮 <img>。*3.* 在弹出的面板菜单中选择【存储路径】菜单项，如图 8-50 所示。

图 8-49

图 8-50

第5步 **1.** 弹出【存储路径】对话框，在【名称】文本框中输入路径的名称。**2.** 单击【确定】按钮 `确定` ，如图 8-51 所示。

第6步 通过上述操作即可存储"形状 1 矢量蒙版"为"路径 3"，如图 8-52 所示。

图 8-51

图 8-52

8.4.5 复制路径

根据需要可以对路径进行复制以进行编辑路径操作。下面具体介绍在 Photoshop CS4 中复制路径的方法。

第1步 **1.** 选择工作路径。**2.** 单击【路径】面板菜单按钮 。**3.** 在弹出的菜单中选择【复制路径】菜单项，如图 8-53 所示。

第2步 **1.** 弹出【复制路径】对话框，在【名称】文本框中输入路径的名称。**2.** 单击【确定】按钮 `确定` ，如图 8-54 所示。

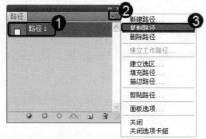

图 8-53

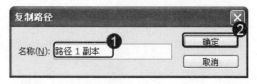

图 8-54

第3步 通过上述操作即可复制路径，如图 8-55 所示。

图 8-55

知识拓展

在【路径】面板中，将路径拖动至【创建新路径】按钮 上，也可以复制路径。

如果准备在移动路径组件时复制路径，可以在【路径】面板中选择路径名，并使用【路径选择工具】单击路径组件，然后按住<Alt>键并拖动所选路径。

8.4.6 删除路径

如果不准备使用当前的路径可以进行删除。下面具体介绍在 Photoshop CS4 中删除路径的方法。

第1步 选择准备删除的路径并拖动至【删除】按钮 🗑 上，如图 8-56 所示。

第2步 通过上述操作即可删除路径，如图 8-57 所示。

图 8-56

图 8-57

8.5 编 辑 路 径

完成创建路径操作后，可以进行编辑路径操作，如选择路径、调整路径线段、移动和复制路径、连接断开路径、调整路径形状、添加锚点与删除锚点。

8.5.1 选择路径

无论编辑任何形式的路径，首先必须选取相应的【路径】面板，才可进行下面的编辑，因此路径的选择在路径操作中占有重要的操作地位。下面具体介绍选择路径的方法。

第1步 在【路径】面板中单击路径名，如"工作路径"，如图 8-58 所示。

第2步 通过上述操作即可选择工作路径，如图 8-59 所示。

图 8-58

图 8-59

8.5.2 调整路径线段

可以随时编辑路径段，但是编辑现有路径段与绘制路径段之间存在少许差异。需要在编辑路径段时记住以下提示：

- **如果锚点连接两条线段：** 移动该锚点将同时更改两条线段。
- **当使用钢笔工具绘制时：** 可以临时启用【直接选择工具】，以便能够调整已绘制的路径段；在绘制时，按住<Ctrl>键（Windows）或<Command>键（MacOS）。

■ 当最初使用钢笔工具绘制平滑点时：拖动方向点将更改平滑点两侧方向线的长度。但当使用【直接选择工具】编辑现有平滑点时，将只更改所拖动一侧的方向线的长度。

下面以"绘制好的工作路径"为例，介绍使用【直接选择工具】 ↖ 调整路径线段的方法。

第1步 1. 在工具箱中选择【直接选择工具】 ↖。 2. 单击绘图区域中的工作路径，如图 8-60 所示。

第2步 此时在鼠标单击处显示绘制的第二、三个锚点的控制柄，如图 8-61 所示。

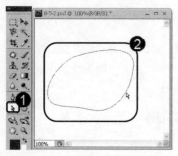

图 8-60

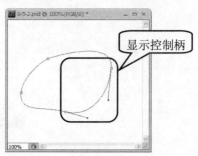

图 8-61

第3步 在绘图区域单击并向上拖动第二个控制柄，如图 8-62 所示。

第4步 单击第二个锚点的方向点，如图 8-63 所示。

图 8-62

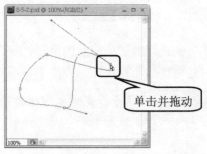

图 8-63

第5步 显示锚点的另一侧控制柄，单击并拖动该控制柄，如图 8-64 所示。

第6步 释放鼠标左键，并按<Esc>键即可调整工作路径的路径线段，如图 8-65 所示。

图 8-64

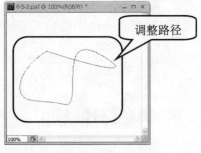

图 8-65

8.5.3 移动和复制路径

完成创建路径操作后，可以对路径进行移动和复制操作，以精确定位路径的位置。下面具体介绍移动和复制路径的方法。

第1步 *1.* 选择【路径选择工具】。*2.* 将光标定位在路径上，如图 8-66 所示。

第2步 单击并向上拖动路径即可移动路径，如图 8-67 所示。

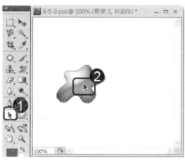

图 8-66

图 8-67

第3步 *1.* 创建图像文件。*2.* 在绘图区域选中路径。*3.* 选择【编辑】主菜单。*4.* 在弹出的菜单中选择【拷贝】菜单项，如图 8-68 所示。

第4步 *1.* 选择图像文件"未标题-1"。*2.* 选择【编辑】主菜单。*3.* 在弹出的菜单中选择【粘贴】菜单项，如图 8-69 所示。

图 8-68

图 8-69

第5步 通过上述操作即可复制矢量蒙版路径，如图 8-70 所示。

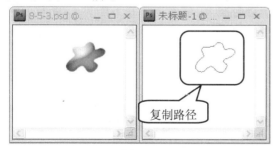

图 8-70

知识拓展

在【路径】面板中，将路径拖动至【创建新路径】按钮上，可以在同一图像文件中复制该路径的副本。

如果准备在移动路径组件时拷贝它，可以在【路径】面板中选择路径，并使用【路径选择工具】单击路径组件，然后按住<Alt>键并拖动所选路径。

8.5.4 连接断开路径

在创建路径过程中，可以对断开的路径进行连接以创建封闭的路径。下面具体介绍连接断开路径的方法。

第1步 *1.* 在工具箱中选择【直接选择工具】 。*2.* 在绘图区域单击断开的路径，如图 8-71 所示。

第2步 *1.* 选择【钢笔工具】 。*2.* 移动光标到路径的起始位置并单击，如图 8-72 所示。

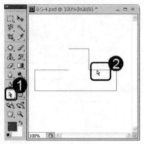

图 8-71

图 8-72

第3步 移动光标到路径的终止位置并单击，如图 8-73 所示。

第4步 通过上述操作即可连接断开的路径，如图 8-74 所示。

图 8-73

图 8-74

8.5.5 调整路径形状

对于绘制好的形状矢量蒙版路径，可以通过调整路径形状更改路径的形状。下面具体介绍调整路径形状的方法。

第1步 *1.* 选中矢量蒙版路径。*2.* 在工具箱中选择【直接选择工具】 。*3.* 单击矢量蒙版路径，如图 8-75 所示。

第2步 在绘图区域单击并拖动锚点，如图 8-76 所示。

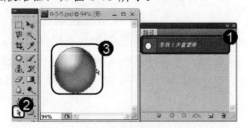

图 8-75

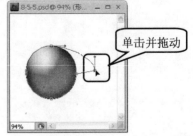

图 8-76

第3步 通过上述操作即可调整矢量蒙版路径的形状，如图8-77所示。

第4步 按两次<Esc>键即可退出编辑操作，如图8-78所示。

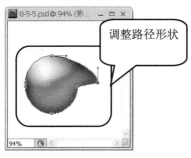

图 8-77

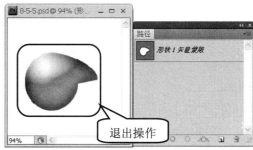

图 8-78

8.5.6 添加锚点与删除锚点

在编辑路径时，可以通过添加和删除锚点的操作对路径进行修改。下面具体介绍添加与删除锚点的方法。

第1步 *1.* 选中矢量蒙版路径。*2.* 在工具箱中选择【添加锚点工具】 *3.* 在路径上方单击准备添加锚点的位置，如图8-79所示。

第2步 通过上述操作即可添加锚点，如图8-80所示。

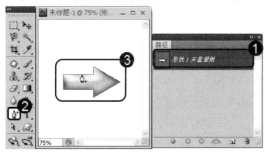

图 8-79

图 8-80

第3步 *1.* 在工具箱中选择【删除锚点工具】 *2.* 单击准备删除的锚点，如图8-81所示。

第4步 通过上述操作即可删除路径中的锚点，如图8-82所示。

图 8-81

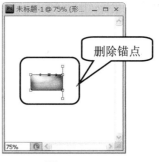

图 8-82

> **知识精讲**
>
> 选择【路径选择工具】▶或选择【直接选择工具】▶，选中路径然后右击，在弹出的快捷菜单中选择【添加锚点】菜单项可以添加路径中的锚点；选择准备删除的锚点并右击，在弹出的快捷菜单中选择【删除锚点】菜单项可以进行删除锚点操作。

8.6 实 践 操 作

对路径与锚点、使用钢笔工具绘制图形、使用形状工具绘制图形、路径面板和编辑路径有所了解后，本节将针对以上所学知识制作两个案例，分别是绘制红星和卡通小人，希望用户通过对这两个案例的制作能够完全掌握本章所学知识。

8.6.1. 绘制红星

前面已经讲述了使用形状工具绘制图形的方法与技巧，本小节将利用这些知识绘制红星，下面予以介绍。

素材文件	实例\第 8 章\素材文件\8-6-1.psd
效果文件	实例\第 8 章\效果文件\8-6-1.psd

第1步 *1.* 选择【多边形工具】◎。*2.* 单击【几何选项】按钮·。*3.* 在弹出的下拉面板中选择【星形】复选框。*4.* 在【缩进边依据】文本框中输入数值。*5.* 选择准备应用的颜色，如"红色"，如图 8-83 所示。

第2步 此时光标显示为 + 形状，单击并拖动鼠标即可绘制红星，如图 8-84 所示。

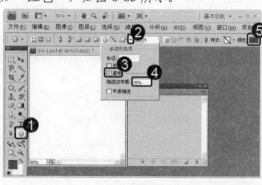

图 8-83

绘制红星

图 8-84

8.6.2. 绘制卡通小人

前面已经讲述了使用钢笔工具绘制图形、使用形状工具绘制图形和编辑路径方面的知识，本节将应用这三方面的知识与技巧绘制卡通人物，下面予以介绍。

素材文件	实例\第 8 章\素材文件\8-6-2.psd
效果文件	实例\第 8 章\效果文件\8-6-2.psd

第 1 步 **1.** 选择【椭圆工具】 。 **2.** 单击【形状图层】按钮 。 **3.** 选择准备应用的颜色，如"浅黄色"，如图 8-85 所示。

第 2 步 按住<Shift>键不放的同时，单击并拖动鼠标绘制圆形，如图 8-86 所示。

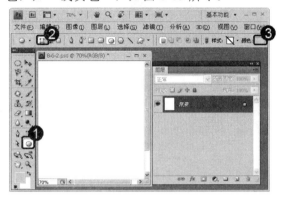

图 8-85

图 8-86

第 3 步 按照同样的方法在绘图区域绘制椭圆，如图 8-87 所示。

第 4 步 选中"形状 2"，单击并拖动至【创建新路径】按钮 上，如图 8-88 所示。

图 8-87

图 8-88

第 5 步 移动两个椭圆路径到圆形路径上方，如图 8-89 所示。

第 6 步 使用【钢笔工具】 绘制小人的上半身，如图 8-90 所示。

图 8-89

图 8-90

第7步 按<Ctrl>+<Enter>组合键将路径转换为选区，如图 8-91 所示。

图 8-91

第9步 利用【钢笔工具】✎ 绘制身体的其余部分并进行填充，如图 8-93 所示。

图 8-93

第11步 利用【形状】工具绘制其余部分，即可完成卡通小人的制作，如图 8-95 所示。

图 8-95

第8步 按<Alt>+<Delete>组合键使用前景色填充选区，如图 8-92 所示。

图 8-92

第10步 利用【多边形工具】◎ 绘制两个绣球，如图 8-94 所示。

图 8-94

知识拓展

在绘制卡通小人过程中，可以根据个人设计需要为小人的服装进行细心绘制，如为衣服添加线条等。

如果对【钢笔工具】掌握得非常熟练，可以使用【钢笔工具】快速完成人物图的绘制。

Chapter >> 9

文字的编辑

本章要点

1. 文字工具组
2. 输入文字
3. 格式化字符与段落
4. 文字的转换
5. 文字的高级编辑

本章主要内容

　　本章主要介绍了文字工具组、输入文字、格式化字符与段落以及文字的转换方面的知识与技巧，同时还讲解了创建变形文字效果、沿路径排列文字和图文绕排方面的知识与技巧，在本章的最后还针对实际的工作需求制作了两个案例，分别是创建浮雕字和艺术字，希望用户通过学习这两个案例的制作过程能够完全掌握文字编辑方面的知识。

9.1　文字工具组

Adobe Photoshop CS4 中的文字由基于矢量的文字轮廓（即以数学方式定义的形状）组成，这些形状描述字样的字母、数字和符号。许多字样可用于一种以上的格式，最常用的格式有 Type 1（又称 PostScript 字体）、TrueType、OpenType、New CID 和 CID 无保护（仅限于日语）。Photoshop 保留基于矢量的文字轮廓，并通过缩放文字、调整文字大小、存储 PDF 或 EPS 文件或将图像打印到 PostScript 打印机时使用它们。因此，将可能生成带有与分辨率无关的犀利边缘的文字。

9.1.1　文字工具选项栏

在工具箱中选择文字工具，即可启动文字工具选项栏，在选项栏中可以对文字进行编辑操作，如图 9-1 所示。

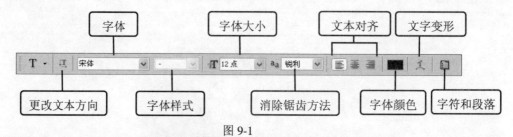

图 9-1

- 【更改文本方向】按钮：单击【更改文本方向】按钮，可以选取需要的横排文字输入。
- 【字体】下拉列表：单击【字体】下拉列表框右侧的下拉按钮，选择相应选项可以设置文字的字体。
- 【字体样式】下拉列表：单击【字体样式】下拉列表框右侧的下拉按钮，选择相应选项可以设置文字的样式及属性。
- 【字体大小】下拉列表：单击【字体大小】下拉列表框右侧的下拉按钮，选择相应选项可以设置字体的大小。
- 【消除锯齿方法】下拉列表：单击【消除锯齿方法】下拉列表框右侧的下拉按钮，在弹出的下拉列表中包括【无】、【锐利】、【犀利】、【浑厚】和【平滑】列表项，选择任意列表项用于设置字体的消除锯齿方法。
- 【文本对齐】按钮：该区域包括【左对齐】、【居中对齐】和【右对齐】三个按钮，可以设置文本的对齐方式。
- 【字体颜色】：单击该颜色块，将打开【拾色器】对话框，可以设置字体颜色。
- 【文字变形】按钮：单击该按钮，将弹出【变形文字】对话框，可以对文字做变形的处理。
- 【字符和段落】按钮：单击该按钮，将打开【字符】和【段落】面板。

9.1.2　横排文字工具

在 Photoshop CS4 中使用【横排文字工具】T 可以创建横排文字。下面具体介绍使用【横排文字工具】创建横排文字的方法。

第1步 **1.** 选择【横排文字工具】T。**2.** 在【字体大小】下拉列表框中输入字体的大小，如20。**3.** 将光标定位在准备创建横排文字的位置，如图9-2所示。

第2步 此时在绘图区域中显示"I"型光标中小线条标记的文字基线位置，如图 9-3 所示。

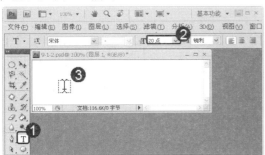

图 9-2

图 9-3

第3步 **1.** 输入文字。**2.** 单击工具选项栏中的【提交】按钮 ✓，如图9-4所示。

第4步 通过上述操作即可输入横排文字，如图9-5所示。

图 9-4

图 9-5

智慧锦囊

在绘图区域输入横排文字后，按<Ctrl>+<Enter>组合键也可以完成文字的输入并退出编辑操作。

知识精讲

当绘图区域出现横排文字编辑器时，如果准备输入段落，可以按<Enter>键，如果输入的文字超出外框所能容纳的大小，外框上将出现溢出图标 ⊞。当完成文字的输入后，在【图层】面板中将显示与文字内容相同的文字图层。

9.1.3 直排文字工具

在 Photoshop CS4 中使用【直排文字工具】↓T可以创建直排文字。下面具体介绍使用【直排文字工具】创建直排文字的方法。

第1步 *1.* 选择【直排文字工具】IT。*2.* 在【字体大小】下拉列表中选择字体的大小，如48。*3.* 将光标定位在准备创建直排文字的位置，如图9-6所示。

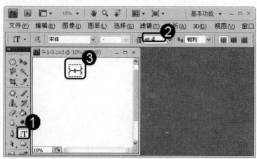

图9-6

第2步 此时在绘图区域显示"I"型光标中小线条标记的文字基线位置，如图9-7所示。

图9-7

第3步 在绘图区域中输入文字，如图9-8所示。

图9-8

第4步 按<Ctrl> + <Enter>组合键即可完成直排文字的输入，如图9-9所示。

图9-9

9.1.4　横排文字蒙版工具

使用【横排文字蒙版工具】可以创建文字状选区，下面具体介绍在 Photoshop CS4 中使用【横排文字蒙版工具】创建文字状选区的方法。

第1步 *1.* 选择【横排文字蒙版工具】。*2.* 在【字体】下拉列表中选择准备应用的字体。*3.* 输入字体的大小。*4.* 将光标定位在准备创建横排文字蒙版的位置，如图9-10所示。

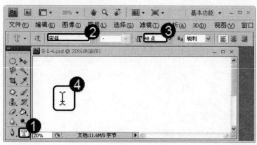

图9-10

第2步 此时在绘图区域显示"I"型光标中小线条标记的文字基线位置，如图9-11所示。

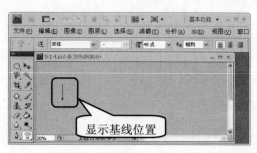

图9-11

第3步 在绘图区域输入文字内容，如图 9-12 所示。

图 9-12

第4步 按<Ctrl> + <Enter>组合键即可输入文字状选区，如图 9-13 所示。

图 9-13

第5步 *1.* 选择【编辑】→【描边】菜单项，弹出【描边】对话框，在【宽度】文本框中输入描边的宽度。*2.* 选择【居外】单选按钮。*3.* 单击【确定】按钮 确定 ，如图 9-14 所示。

图 9-14

第6步 按<Ctrl>+<D>组合键取消选区即可为文字状选区设置描边效果,如图 9-15 所示。

图 9-15

9.1.5 直排文字蒙版工具

与【横排文字蒙版工具】类似，使用【直排文字蒙版工具】 也可以创建文字状选区，下面予以介绍。

第1步 *1.* 选择【直排文字蒙版工具】 。*2.* 在【字体】下拉列表中选择准备应用的字体。*3.* 输入字体大小。*4.* 将光标定位在准备创建直排文字蒙版的位置，如图 9-16 所示。

图 9-16

第2步 此时在绘图区域显示"I"型光标中小线条标记的文字基线位置，如图 9-17 所示。

图 9-17

第3步 在绘图区域输入文字，如图 9-18 所示。

图 9-18

第4步 按<Ctrl>+<Enter>组合键即可完成直排文字的输入，如图 9-19 所示。

图 9-19

第5步 在绘图区域填充文字状区域，如图 9-20 所示。

图 9-20

第6步 按<Ctrl>+<D>组合键取消选区即可为取消文字状选区，如图 9-21 所示。

图 9-21

知识精讲

利用【直排文字蒙版工具】创建文字状选区后，右击该选区，在弹出的快捷菜单中选择【变换选区】菜单项，可以对选区进行调整。

9.2 输 入 文 字

在 Photoshop CS4 中，可以使用输入点文字创建字数较少的文字，可以使用段落文字创建文本型文字。

9.2.1 输入点文字

当输入点文字时，每行文字都是独立的一行，且长度随着编辑增加或缩短，但不会换行。输入的文字即出现在新的文字图层中。对于点文字，每行即是一个单独的段落。下面具体介绍输入点文字的方法。

第1步 *1.* 选择【直排文字工具】T。*2.* 选择准备应用的字体。*3.* 在【字体大小】下拉列表中输入字号的大小。*4.* 将光标定位在准备创建直排文字的位置，如图 9-22 所示。

第2步 此时在绘图区域显示"I"型光标中小线条标记的文字基线位置，如图 9-23 所示。

图 9-22

图 9-23

第3步 在绘图区域输入文字，如图 9-24 所示。

第4步 按<Ctrl>+<Enter>组合键即可输入点文字，如图 9-25 所示。

图 9-24

图 9-25

知识精讲

在输入点文字时，在工具选项栏中单击【字符和段落】按钮，可以打开【字符】和【段落】面板，选择【字符】面板，可以设置字体、字型、字号、字符间距、基线偏移和水平缩放等，如单击【加粗】按钮T可以加粗设置点文字，在【语言】下拉列表中选择准备应用的语言，如"匈牙利语"，可以为文本指定匈牙利语言。

9.2.2 输入段落文字

输入段落文字时，文字基于外框的尺寸换行。可以输入多个段落并选择段落调整选项。可以调整外框的大小，这将使文字在调整后的矩形内重新排列。可以在输入文字时或创建文字图层后调整外框，也可以使用外框来旋转、缩放和斜切文字。下面具体介绍输入段落文字的方法。

第1步 **1.** 选择【横排文字工具】T。**2.** 选择准备应用的字体。**3.** 在【字体大小】下拉列表中选择字体的大小。**4.** 在绘图区域单击并拖动以创建定界框，如图 9-26 所示。

第2步 在绘图区域显示"I"型光标中小线条标记的文字基线位置，然后在定界框中输入文字，如图 9-27 所示。

图 9-26

图 9-27

第3步 按<Ctrl>+<Enter>组合键即可输入段落文字，如图 9-28 所示。

图 9-28

知识拓展

当绘图区域显示"I"型光标时，可以输入文字，当文字到达文本框边界时会自动换行。

可以调整外框的大小，这将使文字在调整后的矩形内重新排列。可以在输入文字时或创建文字图层后调整外框。也可以使用外框来旋转、缩放和斜切文字。

知识精讲

在绘图区域单击并拖动鼠标定义文字区域时，如果按住<Alt>键不放，将弹出【段落文字大小】对话框，在对话框中输入【宽度】和【度度】值，可以精确设置定界框的大小。

9.3 格式化字符与段落

在 Photoshop CS4 中可以使用文字格式化字符与段落，如设置文字的字体和大小、文字的颜色、设置段落的对齐与缩进和设置段落的间距等。

9.3.1 设置文字的字体和大小

在输入文字之前可以先设置文字的字体和大小，设置文字的字体和大小的方法有两种，下面分别予以介绍。

◆ 【字体】列表项

选择文字工具后，在其选项栏中，1. 在【字体】下拉列表中选择准备应用的字体，如"方正超粗黑简体"。2. 在【字体大小】下拉列表中输入字体的大小，如"36 点"，即可设置文字的字体和大小，如图 9-29 所示。

图 9-29

◆ 【字符】面板

单击【字符和段落】按钮，将弹出【字符和段落】面板，1. 在【字体】下拉列表中选择准备应用的字体。2. 在【字体大小】下拉列表中选择字体的大小，即可设置文字的字体和大小，在如图 9-30 所示。

图 9-30

9.3.2 文字的颜色

在输入文字过程中，可以根据个人需要设置文字的颜色。下面具体介绍为文本设置颜色的方法。

◆ 通过工具选项栏设置

单击【字体颜色】块，将弹出【选择文本颜色：】对话框，拾取准备应用的颜色，即可更改文字的颜色，如图 9-31 所示。

设置文字的颜色

图 9-31

◆ 通过【字符】面板设置

在【字符】面板中单击【字体颜色】块，将弹出【选择文本颜色：】对话框，拾取准备应用的颜色即可设置文字的颜色，如图 9-31 所示。

设置文字的颜色

图 9-32

9.3.3 设置段落的对齐与缩进

如果输入了段落文字，可以设置段落的对齐与缩进，下面以"9-2-2"为例，练习设置段落的对齐与缩进的方法。

第1步 在工具选项栏中单击【字符和段落】按钮，如图 9-33 所示。

图 9-33

第3步 通过上述操作即可设置段落对齐与缩进，如图 9-35 所示。

图 9-35

第2步 1. 打开【字符/段落】面板，选择【段落】面板。2. 单击【左对齐文本】按钮。3. 在【首行缩进】文本框中输入缩进值，如"70点"。4. 单击【关闭】按钮，如图 9-34 所示。

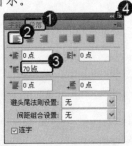

图 9-34

知识拓展

在【段落】面板中单击【段落】面板菜单按钮，在弹出的面板菜单中可以设置罗马式溢出标点、对齐、连字符连接和关闭选项卡组等。

字母间的距离，包括字距微调或字距调整值。当设置为0%时，表示字母间不添加任何间距；为100%时，表示各字母之间将添加一整个字母的间距宽度。

9.3.4 设置段落的间距

【段落】面板中的【段前添加空格】文本框和【段后添加空格】文本框用于控制所选段落的间距。下面具体介绍设置段落间距的方法。

第1步 选中准备设置段落间距的文本，如图 9-36 所示。

图 9-36

第2步 1. 打开【段落】面板，在【段前添加空格】文本框中输入间距值。2. 单击【关闭】按钮，如图 9-37 所示。

图 9-37

第3步 通过上述操作即可设置段落的间距，如图 9-38 所示。

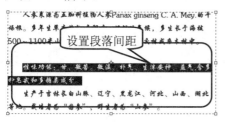

图 9-38

第4步 按<Ctrl> + <Enter>组合键即可退出设置段落间距的操作，如图 9-39 所示。

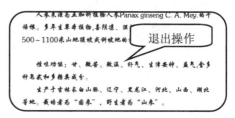

图 9-39

知识精讲

在设置段落间距时，在【段落】面板中选中【连字】复选框，表示在每一行末端断开的单词间添加标记。在将文本强制对齐时，为了对齐的需要，会将某一行末端的单词断开至下一行。

9.4 文字的转换

完成文字的输入操作后，可以对文字进行转换，如点文字和段落文本的相互转换、将文字转换为路径和其他图层，以及转换文字的排列。

9.4.1 点文字和段落文本的相互转换

可以将点文字转换为段落文字，以便在外框内调整字符排列。或者，可以将段落文字转换为点文字，以便使各文本行彼此独立地排列。将段落文字转换为点文字时，每个文字行的末尾（最后一行除外）都会添加一个回车符。下面予以介绍。

第1步 *1.* 输入文字。*2.* 选择【图层】主菜单。*3.* 选择【文字】菜单项。*4.* 选择【转换为段落文本】子菜单项，如图 9-40 所示。

第2步 通过上述操作即可将点文字转换为段落文本，如图 9-41 所示。

图 9-40

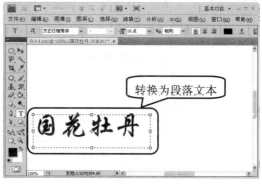

图 9-41

第3步 **1.** 选择【图层】主菜单。**2.** 选择【文字】菜单项。**3.** 选择【转换为点文本】子菜单项，如图 9-42 所示。

第4步 通过上述操作即可将段落文本转换为点文字，如图 9-43 所示。

图 9-42

图 9-43

9.4.2 将文字转换为路径和其他图层

在 Photoshop CS4 中可以将文字转换为路径和其他图层，从而对文字进行更加完善的设置，下面予以介绍。

第1步 **1.** 输入文字。**2.** 选择【图层】主菜单。**3.** 选择【文字】菜单项。**4.** 选择【创建工作路径】子菜单项，如图 9-44 所示。

第2步 通过上述操作即可将文字转换为路径和其他图层，此时在【路径】面板中显示已创建的工作路径，如图 9-45 所示。

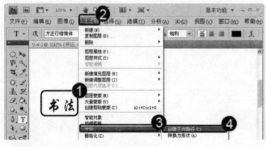

图 9-44

图 9-45

第3步 右击【书法】图层，在弹出的快捷菜单中选择【栅格化文字】菜单项，如图 9-46 所示。

第4步 通过上述操作即可将点文字转换为图层，如图 9-47 所示。

图 9-46

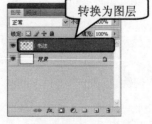

图 9-47

9.4.3 转换文字的排列

在 Photoshop CS4 中提供了两种文字的排列方式，分别是水平和垂直。下面具体介绍将水平方向文字更改为垂直方向文字的方法。

第1步 **1.** 输入文字。**2.** 选择【图层】主菜单。**3.** 选择【文字】菜单项。**4.** 选择【垂直】子菜单项，如图 9-48 所示。

第2步 通过上述操作即可将更改文字的方向，如图 9-49 所示。

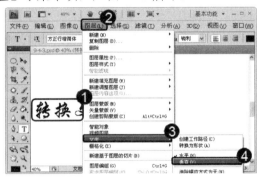

图 9-48

图 9-49

9.5 文字的高级编辑

可以对文字执行各种操作以更改其外观。例如，可以使文字变形、沿路径排列文字以及查找和替换文本。创建文字效果最简单的方法之一是在文字图层上播放 Photoshop 附带的默认的"文本效果"动作。可以通过从【动作】面板菜单选取文本效果访问这些效果。

9.5.1 创建变形文字效果

如果准备更改文字的形状，可以利用 Photoshop CS4 提供的文字变形功能，下面予以介绍。

第1步 **1.** 选择【横排文字工具】T。**2.** 定位光标。**3.** 单击【创建文字变形】按钮，如图 9-50 所示。

第2步 **1.** 弹出【变形文字】对话框，选择【旗帜】列表项。**2.** 滑动【水平扭曲】滑块。**3.** 滑动【垂直扭曲】滑块。**4.** 单击【确定】按钮 确定 ，如图 9-51 所示。

图 9-50

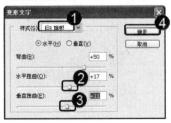

图 9-51

第3步 在光标定位处输入文字，如图 9-52 所示。

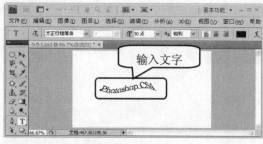

图 9-52

第4步 按<Ctrl>+<Enter>组合键即可完成变形文字的创建，如图 9-53 所示。

图 9-53

9.5.2 沿路径排列文字

可以输入沿着用钢笔或形状工具创建的工作路径的边缘排列的文字。当沿着路径输入文字时，文字将沿着锚点被添加到路径的方向排列。在路径上输入横排文字会导致字母与基线垂直。在路径上输入直排文字会导致文字方向与基线平行。当移动路径或更改其形状时，文字将会适应新的路径位置或形状。下面具体介绍沿路径排列文字的方法。

第1步 打开一个图像文件，利用【钢笔工具】 在玫瑰花朵的内轮廓绘制一条路径，如图 9-54 所示。

第2步 *1.* 选择【横排文字工具】T。*2.* 将光标定位在路径上，此时光标变成 形状，如图 9-55 所示。

图 9-54

图 9-55

第3步 此时在文档窗口中闪烁"I"形光标，输入文字，如图 9-56 所示。

第4步 单击工具选项栏中的【提交】按钮，即可创建沿路径排列的文字，如图 9-57 所示。

图 9-56

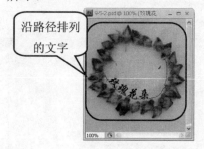

图 9-57

9.5.3 查找和替换文本

使用查找和替换功能可以查找图像文件中指定的文本并进行替换。下面具体介绍查找和替换文本的方法。

第1步 *1.* 创建路径文字。*2.* 选择【编辑】主菜单。*3.* 选择【查找和替换文本】菜单项，如图9-58所示。

第2步 *1.* 弹出【查找和替换文本】对话框，在【查找内容】文本框中输入准备查找的内容，如"蛋糕"。*2.* 在【更改为】文本框中输入准备替换的文本，如"快乐"。*3.* 单击【更改全部】按钮 更改全部(A)，如图9-59所示。

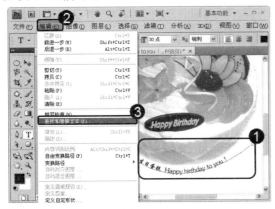

图 9-58

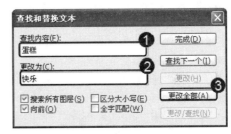

图 9-59

第3步 弹出【Adobe Photoshop CS4 Extended】对话框，提示"进行了1处替换"，此时单击【确定】按钮 确定，如图9-60所示。

第4步 通过上述操作即可查找和替换文本，如图9-61所示。

图 9-60

图 9-61

知识精讲

在【查找和替换文本】对话框中选中【区分大小写】复选框，可以搜索与【查找内容】文本框的文本大小写完全匹配的一个或多个字。例如，在"区分大小写"选项处于选定状态的情况下，如果搜索"PrePress"，则找不到"Prepress"或"PREPRESS"。

9.6　实　践　操　作

对文字工具组、输入文字、格式化字符与段落、文字的转换和文字的高级编辑有所了解后，本节将针对以上所学知识制作两个实践案例，分别是创建浮雕字和艺术字，希望用户通过对这两个案例的制作过程能够完全掌握本章所学知识与技巧。

9.6.1　创建浮雕字

对文字编辑方面的知识有所了解后，本小节将利用本章所学知识制作浮雕字，下面予以详细介绍。

素材文件	实例\第 9 章\素材文件\9-6-1.jpg
效果文件	实例\第 9 章\效果文件\9-6-1.psd

第1步　**1.** 选择【横排文字工具】T。**2.** 在【字体】下拉列表中选择准备应用的字体。**3.** 在【字体大小】下拉列表框中输入字体大小。**4.** 将光标定位在准备创建横排文字的位置，如图 9-62 所示。

第2步　此时在绘图区域显示 "I" 型光标中小线条标记的文字基线位置，如图 9-63 所示。

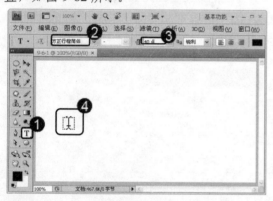

图 9-62

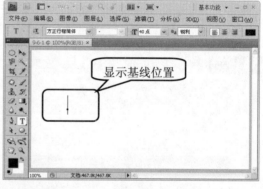

图 9-63

第3步　**1.** 在绘图区域输入文字。**2.** 在工具选项栏中单击【提交】按钮，如图 9-64 所示。

第4步　在【图层】面板中双击【浮雕字】图层，如图 9-65 所示。

图 9-64

图 9-65

第5步 **1.** 弹出【图层样式】对话框,选中【斜面和浮雕】复选框。**2.** 选择【浮雕效果】列表项。**3.** 选择准备应用的等高线。**4.** 滑动【深度】滑块。**5.** 单击【确定】按钮 确定 ,如图 9-66 所示。

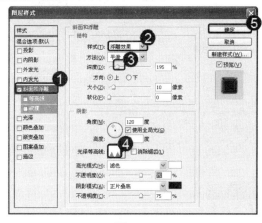

图 9-66

第6步 通过上述操作即可创建浮雕字,如图 9-67 所示。

 知识拓展

根据需要可以设置浮雕字的颜色,在工具选项栏中单击【颜色】块以拾取颜色,如"深黄色",并设置【阴影模式】的颜色也为"深黄色",可以更改浮雕字颜色。

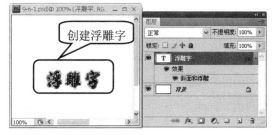

图 9-67

9.6.2 创建艺术字

艺术字就是将一个传统的字体有意义性、创意性和特殊性地自然美化。下面具体介绍在 Photoshop CS4 中创建艺术字的方法。

素材文件	实例\第 9 章\素材文件\9-6-2.jpg
效果文件	实例\第 9 章\效果文件\9-6-2.psd

第1步 **1.** 选择【直排文字蒙版工具】。**2.** 在【字体】下拉列表中选择准备应用的字体。**3.** 输入字体的大小。**4.** 将光标定位在准备创建直排文字蒙版的位置,如图 9-68 所示。

第2步 此时在绘图区域显示"I"型光标中小线条标记的文字基线位置,如图 9-69 所示。

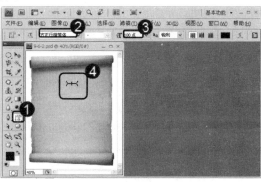

图 9-68

图 9-69

第3步 在绘图区域输入文字，如图 9-70 所示。

图 9-70

第4步 按<Ctrl>+<Enter>组合键即可输入选区状文字。*1.* 选择【渐变工具】▬。*2.* 选择准备应用的渐变样式。*3.* 在图像上单击指定起点后并向下拖动鼠标，如图9-71所示。

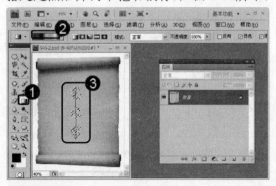

图 9-71

第5步 通过上述操作即可使用【渐变工具】填充文字选区，如图 9-72 所示。

图 9-72

第6步 按<Ctrl>+<D>组合键即可取消选区完成创建艺术字操作，如图 9-73 所示。

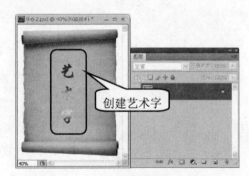

图 9-73

 读书笔记

_____

_____

_____

_____

_____

_____

Chapter >> 10

滤镜的使用

本 章 要 点

1. 滤镜的特点与使用方法
2. 校正性滤镜
3. 破坏性滤镜
4. 效果性滤镜

本章主要内容

　　本章主要介绍了滤镜的特点与使用方法、校正性滤镜和破坏性滤镜方面的知识与技巧，同时还讲解了如何使用效果性滤镜，在本章的最后还针对实际的工作需求制作了两个案例，分别是制作撕坏的照片和制作木版画，希望用户通过学习这两个案例的制作过程能够完全掌握使用滤镜方面的知识。

10.1 滤镜的特点与使用方法

通过使用滤镜，可以对图像应用特殊效果或执行常见的图像编辑任务。本节将具体介绍什么是滤镜、滤镜的使用规则、转换为智能滤镜、查看滤镜的信息和使用滤镜库的方法。

10.1.1 什么是滤镜

所谓滤镜即把原有图像进行艺术过滤，得到特殊的图像效果，如凸出、风、喷溅、模糊和云彩等，使执行滤镜后的图像更具生命力。未用滤镜效果处理前的图像，如图 10-1 所示。经过"龟裂缝"滤镜效果处理后的图像，如图 10-2 所示。Photoshop CS4 的滤镜菜单提供了多达一百种的滤镜，图 10-3 所示为滤镜菜单。滤镜效果适用于 RGB 图像模式、位图、16 位灰度图像模式、索引图像模式和 48 位 "RGB" 图像模式。在 Photoshop CS4 中滤镜可以分为"修改类滤镜"、"复合类滤镜"和"创建类滤镜"3 种类型。其中"修改类滤镜"可以修改图像中的像素，如扭曲、纹理、素描等；"复合类滤镜"如一个独立的软件，可以有自身的工具和独特的操作方法，如液化和消失点；"创建类滤镜"只有一个云彩滤镜，也是唯一一个不需要借助任何像素便可以产生效果的滤镜。

图 10-1   图 10-2   图 10-3

10.1.2 滤镜的使用规则

通过使用滤镜，可以清除和修饰照片，应用能够为所设置的图像提供素描或印象派绘画外观的特殊艺术效果，还可以使用扭曲和光照效果创建独特的变换。Adobe 提供的滤镜显示在"滤镜"菜单中。第三方开发商提供的某些滤镜可以作为增效工具使用。在安装后，这些增效工具滤镜出现在"滤镜"菜单的底部。

通过应用于智能对象的智能滤镜，可以在使用滤镜时不会造成破坏。智能滤镜作为图层效果存储在"图层"面板中，并且可以利用智能对象中包含的原始图像数据随时重新调整这些滤镜。如果准备使用滤镜，可以从"滤镜"菜单中选取相应的子菜单命令。选取滤镜时可遵循以下原则：

- 滤镜应用于现用的可见图层或选区。
- 对于 8 位/通道的图像，可以通过滤镜库累积应用大多数滤镜。所有滤镜都可以单独应用。

- 不能将滤镜应用于位图模式或索引颜色的图像。
- 有些滤镜只对 RGB 图像起作用。
- 可以将所有滤镜应用于 8 位图像。
- 可以将下列滤镜应用于 16 位图像：液化、消失点、平均模糊、模糊、进一步模糊、方框模糊、高斯模糊、镜头模糊、动感模糊、径向模糊、表面模糊、形状模糊、镜头校正、添加杂色、去斑、蒙尘与划痕、中间值、减少杂色、纤维、云彩、分层云彩、镜头光晕、锐化、锐化边缘、进一步锐化、智能锐化、USM 锐化、浮雕效果、查找边缘、曝光过度、逐行、NTSC 颜色、自定、高反差保留、最大值、最小值以及位移。
- 可以将下列滤镜应用于 32 位图像：平均模糊、方框模糊、高斯模糊、动感模糊、径向模糊、形状模糊、表面模糊、添加杂色、云彩、镜头光晕、智能锐化、USM 锐化、逐行、NTSC 颜色、浮雕效果、高反差保留、最大值、最小值以及位移。
- 有些滤镜完全在内存中处理。如果可用于处理滤镜效果的内存不够，将会收到一条错误消息。

10.1.3 转换为智能滤镜

应用于智能对象的任何滤镜都是智能滤镜。智能滤镜将出现在【图层】面板中应用这些智能滤镜的智能对象图层的下方。下面具体介绍转换为智能滤镜的方法。

第1步 *1.* 选中 "图层 0"。*2.* 在绘图区域创建选区，如图 10-4 所示。

图 10-4

第2步 选择【滤镜】→【转换为智能滤镜】菜单项，弹出【Adobe Photoshop CS4 Extended】对话框，单击【确定】按钮 确定，如图 10-5 所示。

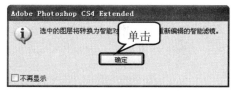

图 10-5

第3步 通过上述操作即可转换为智能滤镜，如图 10-6 所示。

图 10-6

第4步 选择【滤镜】→【风格化】→【查找边缘】菜单项，即可设置智能滤镜，如图 10-7 所示。

图 10-7

10.1.4 查看滤镜的信息

当完成图像滤镜效果的设置后，可以随时查看滤镜的信息，以便及时进行修正。下面具体介绍查看滤镜信息的方法。

第1步 为图像应用"波纹"滤镜效果，如图 10-8 所示。

图 10-8

第2步 选择【帮助】→【关于增效工具】→【波纹】菜单项，将显示波纹效果的详细信息，如图 10-9 所示。

图 10-9

10.1.5 使用滤镜库

滤镜库提供了许多特殊效果滤镜的预览。可以应用多个滤镜、打开或关闭滤镜的效果、复位滤镜的选项以及更改应用滤镜的顺序。如果对预览效果感到满意，则可以将它应用于图像。滤镜库并不提供【滤镜】菜单中的所有滤镜。选择【滤镜】→【滤镜库】菜单项，将弹出【滤镜库】对话框，单击【风格化】、【画笔描边】、【扭曲】、【素描】、【纹理】和【艺术效果】文件夹前面的展开按钮 ▷，都可以打开【滤镜库】对话框，如图 10-10 所示。

图 10-10

■ **预览区**：用来预览当前图像的滤镜效果。

- **滤镜组/参数设置区**：滤镜库中包含 6 组滤镜，单击任意一个滤镜组前的展开按钮▷，即可展开该滤镜组，选择滤镜组中的一个滤镜即可使用该滤镜，与此同时，右侧的参数设置区将显示与之相关的参数项，可以根据需要设置相应的参数。
- **当前选择的滤镜缩览图**：显示了当前所使用的滤镜。
- **【显示/隐藏滤镜缩览图】按钮**：单击该按钮，可以隐藏滤镜组，再次单击则显示滤镜组。
- **下拉列表框**：单击该下拉列表框右侧的下拉按钮，在弹出的下拉列表中可以选择相应的滤镜，这些滤镜是按照滤镜名称拼音的先后顺序排列的。
- **缩放区** ⊟ ⊞ 100% ▾：单击减号按钮⊟将缩小预览区的图像，单击加号按钮⊞将放大显示预览区图像，也可以在【缩放区】下拉列表框中输入数值精确设置缩放比例。
- **当前选择的滤镜**：当设置滤镜后，则显示相应的滤镜。单击效果前的眼睛图标◉可以隐藏滤镜效果。
- **【删除效果图层】按钮**：选择准备删除的滤镜效果图层，单击该按钮即可删除滤镜效果图层。
- **【新建效果图层】按钮**：单击该按钮可以创建效果图层。

10.2　校正性滤镜

在 Photoshop CS4 中，校正性滤镜包括模糊滤镜组、杂色滤镜组、锐化滤镜组和其他滤镜组，本节将进行详细介绍。

10.2.1　模糊滤镜组

"模糊"滤镜柔化选区或整个图像，这对于修饰非常有用，它们通过平衡图像中已定义的线条和遮蔽区域的清晰边缘旁边的像素，使变化显得柔和。下面以设置"动感模糊"为例，介绍使用模糊滤镜组的方法。

第1步 *1.* 选择【滤镜】主菜单。*2.* 在弹出的菜单中选择【模糊】菜单项。*3.* 在弹出的子菜单中选择【动感模糊】子菜单项，如图 10-11 所示。

第2步 *1.* 弹出【动感模糊】对话框，在【角度】文本框中输入角度值。*2.* 在【距离】文本框中输入像素值。*3.* 单击【确定】按钮 确定 ，如图 10-12 所示。

图 10-11

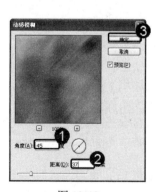

图 10-12

第3步 通过上述操作即可设置动感模糊滤镜效果，如图 10-13 所示。

模糊滤镜效果

图 10-13

知识拓展

如果准备将"模糊"滤镜应用到图层边缘，可以取消选择【图层】面板中的【锁定透明像素】按钮⊠。

在设置图像效果时，可以根据 Photoshop CS4 提供的各种滤镜效果设置出不同风格的图像。

选择【滤镜】主菜单，在弹出的菜单中选择【模糊】菜单项，在弹出的子菜单中可以设置如下滤镜效果：

■ 【平均】滤镜：找出图像或选区的平均颜色，然后用该颜色填充图像或选区以创建平滑的外观。例如，如果选择了草坪区域，该滤镜会将该区域更改为一块均匀的绿色部分。

■ 【模糊/进一步模糊】滤镜：在图像中有显著颜色变化的地方消除杂色。"模糊"滤镜通过平衡已定义的线条和遮蔽区域的清晰边缘旁边的像素，使变化显得柔和。"进一步模糊"滤镜的效果比"模糊"滤镜强三到四倍。

■ 【方框模糊】滤镜：基于相邻像素的平均颜色值来模糊图像。此滤镜用于创建特殊效果。可以调整用于计算给定像素的平均值的区域大小；半径越大，产生的模糊效果越好。

■ 【高斯模糊】滤镜：使用可调整的量快速模糊选区。高斯是指当 Photoshop 将加权平均应用于像素时生成的钟形曲线。"高斯模糊"滤镜添加低频细节，并产生一种朦胧效果。

■ 【镜头模糊】滤镜：向图像中添加模糊以产生更窄的景深效果，以便使图像中的一些对象在焦点内，而使另一些区域变模糊。

■ 【动感模糊】滤镜：沿指定方向（-360°～360°）以指定强度（1～999）进行模糊。此滤镜的效果类似于以固定的曝光时间给一个移动的对象拍照。

■ 【径向模糊】滤镜：模拟缩放或旋转的相机所产生的模糊，产生一种柔化的模糊。选取"旋转"，沿同心圆环线模糊，然后指定旋转的度数。选取"缩放"，沿径向线模糊，好像是在放大或缩小图像，然后指定 1～100 之间的值。模糊的品质范围从"草图"到"好"和"最好"："草图"产生最快但为粒状的结果，"好"和"最好"产生比较平滑的结果，除非在大选区上，否则看不出这两种品质的区别。通过拖动"中心模糊"框中的图案，指定模糊的原点。

■ 【形状模糊】滤镜：使用指定的内核来创建模糊。从自定形状预设列表中选取一种内核，并拖动"半径"滑块来调整其大小。通过单击三角形并从列表中进行选取，可以载入不同的形状库。半径决定了内核的大小；内核越大，模糊效果越好。

■ 【特殊模糊】滤镜：精确地模糊图像。可以指定半径、阈值和模糊品质。半径值确定在其中搜索不同像素的区域大小。阈值确定像素具有多大差异后才会受到影响。也可以为整个选区设置模式（正常），或为颜色转变的边缘设置模式（"仅限边缘"和"叠加边缘"）。在对比度显著的地方，"仅限边缘"应用黑白混合的边缘，而"叠加边缘"应用白色的边缘。

■ 【表面模糊】滤镜：在保留边缘的同时模糊图像。此滤镜用于创建特殊效果并消除杂色或粒度。"半径"选项指定模糊取样区域的大小。"阈值"选项控制相邻像素色调值与中心像素值相差多大时才能成为模糊的一部分。色调值差小于阈值的像素被排除在模糊之外。

10.2.2　杂色滤镜组

"杂色"滤镜添加或移去杂色或带有随机分布色阶的像素，这有助于将选区混合到周围的像素中。"杂色"滤镜可创建与众不同的纹理或移去有问题的区域，如灰尘和划痕。下面以"添加杂色"为例，练习使用杂色滤镜组的方法。

第1步　*1.* 选择【滤镜】主菜单。*2.* 在弹出的菜单中选择【杂色】菜单项。*3.* 在弹出的子菜单中选择【添加杂色】子菜单项，如图 10-14 所示。

第2步　*1.* 弹出【添加杂色】对话框，拖动【数量】滑块。*2.* 单击【确定】按钮 确定 ，如图 10-15 所示。

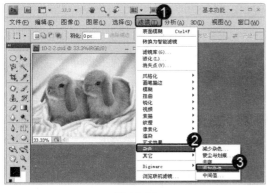

图 10-14

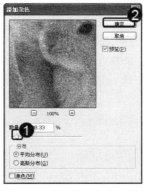

图 10-15

第3步　通过上述操作即可设置杂色滤镜效果，如图 10-16 所示。

杂色滤镜效果

图 10-16

知识拓展

"蒙尘与划痕"滤镜效果通过更改相异的像素减少杂色。为了在锐化图像和隐藏瑕疵之间取得平衡，可以设置"半径"与"阈值"两个选项。或者，将滤镜应用于图像中的选定区域。

选择【滤镜】主菜单，在弹出的菜单中选择【杂色】菜单项，在弹出的子菜单中可以设置如下滤镜效果：

■　**【添加杂色】滤镜**：将随机像素应用于图像，模拟在高速胶片上拍照的效果，也可以使用【添加杂色】滤镜来减少羽化选区或渐变填充中的条纹，或使经过重大修饰的区域看起来更真实。杂色分布选项包括【平均】和【高斯】两项。【平均】使用随机数值（介于0以及正/负指定值之间）分布杂色的颜色值以获得细微效果。【高斯】沿一条钟形曲线分布杂色的颜色值以获得斑点状的效果。【单色】选项将此滤镜只应用于图像中的色调元素，而不改变颜色。

■　**【去斑】滤镜**：检测图像的边缘（发生显著颜色变化的区域）并模糊除那些边缘外的所有选区。该模糊操作会移去杂色，同时保留细节。

- 【蒙尘与划痕】滤镜：通过更改相异的像素减少杂色。为了在锐化图像和隐藏瑕疵之间取得平衡，可以设置【半径】与【阈值】的各种组合。或者，将滤镜应用于图像中的选定区域。
- 【中间值】滤镜：通过混合选区中像素的亮度来减少图像的杂色。此滤镜搜索像素选区的半径范围以查找亮度相近的像素，扔掉与相邻像素差异太大的像素，并用搜索到的像素的中间亮度值替换中心像素。此滤镜在消除或减少图像的动感效果时非常有用。
- 【减少杂色】滤镜：在基于影响整个图像或各个通道的用户设置保留边缘的同时减少杂色。

10.2.3　锐化滤镜组

　　【锐化】滤镜通过增加相邻像素的对比度来聚焦模糊的图像。下面以【智能锐化】命令为例，介绍使用锐化滤镜组的方法。

第1步 *1.* 选择【滤镜】主菜单。*2.* 在弹出的菜单中选择【锐化】菜单项。*3.* 在弹出的子菜单中选择【智能锐化】子菜单项，如图 10-14 所示。

第2步 *1.* 弹出【智能锐化】对话框，拖动【数量】滑块。*2.* 拖动【半径】滑块。*3.* 单击【确定】按钮，如图 10-18 所示。

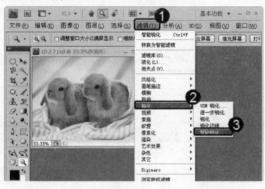

图 10-17

图 10-18

第3步 通过上述操作即可设置锐化滤镜效果，如图 10-19 所示。

锐化滤镜效果

图 10-19

知识拓展

　　锐化和进一步锐化聚焦选区并提高其清晰度。进一步锐化滤镜比锐化滤镜应用更强的锐化效果。

实用技巧

　　在设置智能锐化过程中，可以根据需要选择移去高斯模糊、镜头模糊还是动感模糊。

　　选择【滤镜】主菜单，在弹出的菜单中选择【锐化】菜单项，在弹出的子菜单中可以设置如下滤镜效果：

- 【锐化/进一步锐化】滤镜：聚焦选区并提高其清晰度。"进一步锐化"滤镜比"锐化"滤镜应用更强的锐化效果。
- 【锐化边缘/USM 锐化】滤镜：查找图像中颜色发生显著变化的区域，然后将其锐化。【锐化边缘】滤镜只锐化图像的边缘，同时保留总体的平滑度。使用此滤镜在不指定数量的情况下锐化边缘。对于专业色彩校正，可使用【USM 锐化】滤镜调整边缘细节的对比度，并在边缘的每侧生成一条亮线和一条暗线。此过程将使边缘突出，造成图像更加锐化的错觉。
- 【智能锐化】滤镜：通过设置锐化算法或控制阴影和高光中的锐化量来锐化图像。如果尚未确定要应用的特定锐化滤镜，那么这是一种值得考虑的推荐锐化方法。

10.2.4 其它滤镜组

【其它】子菜单中的滤镜允许创建自己的滤镜、使用滤镜修改蒙版、在图像中使选区发生位移和快速调整颜色。下面以【高反差保留】命令为例，介绍使用其它滤镜组的方法。

第1步 1. 选择【滤镜】主菜单。2. 在弹出的菜单中选择【其它】菜单项。3. 在弹出的子菜单中选择【高反差保留】子菜单项，如图 10-20 所示。

第2步 1. 弹出【高反差保留】对话框，在【半径】文本框中输入像素值。2. 单击【确定】按钮 确定 ，如图 10-21 所示。

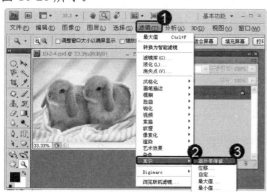

图 10-20

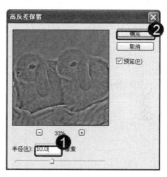

图 10-21

第3步 通过上述操作即可以"高反差保留"滤镜效果设置图像文件，如图 10-22 所示。

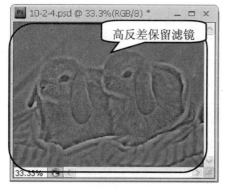

高反差保留滤镜

图 10-22

知识拓展

使用【位移】滤镜，可以将选区移动指定的水平量或垂直量，而选区的原位置变成空白区域。可以用当前背景色、图像的另一部分填充这块区域，或者如果选区靠近图像边缘，也可以使用所选择的填充内容进行填充。

一幅图像可以被看做是互补的两部分：高斯模糊部分与高反差保留部分。

选择【滤镜】主菜单，在弹出的菜单中选择【其它】菜单项，在弹出的子菜单中可以设置如下滤镜效果：

- **【自定】滤镜**：可以设计自己的滤镜效果。使用"自定"滤镜，根据预定义的数学运算（称为卷积），可以更改图像中每个像素的亮度值。根据周围的像素值为每个像素重新指定一个值。此操作与通道的加、减计算类似。

- **【高反差保留】滤镜**：在有强烈颜色转变发生的地方按指定的半径保留边缘细节，并且不显示图像的其余部分。（0.1 像素半径仅保留边缘像素）。此滤镜移去图像中的低频细节，与"高斯模糊"滤镜的效果恰好相反。

- **【最小值/最大值】滤镜**：对于修改蒙版非常有用。【最大值】滤镜有应用阻塞的效果，展开白色区域和阻塞黑色区域。【最小值】滤镜有应用伸展的效果，展开黑色区域和收缩白色区域。与【中间值】滤镜一样，【最大值】和【最小值】滤镜针对选区中的单个像素。在指定半径内，【最大值】和【最小值】滤镜用周围像素的最高或最低亮度值替换当前像素的亮度值。

- **【位移】滤镜**：将选区移动指定的水平量或垂直量，而选区的原位置变成空白区域。可以用当前背景色、图像的另一部分填充这块区域，或者如果选区靠近图像边缘，也可以使用所选择的填充内容进行填充。

10.3　破坏性滤镜

破坏性滤镜是指将图像中的像素任意地替换，不同程度地从根本上重新分布图像元素。主要包括了扭曲滤镜组、像素化滤镜组、渲染滤镜组和风格化滤镜组。

10.3.1　扭曲滤镜组

扭曲滤镜组将图像进行几何扭曲，创建 3D 或其他整形效果。注意，这些滤镜可能占用大量内存。可以通过滤镜库来应用【扩散亮光】、【玻璃】和【海洋波纹】滤镜。下面以设置【挤压】滤镜效果为例，练习使用扭曲滤镜组的方法。

第 1 步 *1.* 选择【滤镜】主菜单。*2.* 在弹出的菜单中选择【扭曲】菜单项。*3.* 在弹出的子菜单中选择【挤压】子菜单项，如图 10-23 所示。

第 2 步 *1.* 弹出【挤压】对话框，拖动【数量】滑块。*2.* 单击【确定】按钮，如图 10-24 所示。

图 10-23　　　　　　　　　　　　　图 10-24

第3步 通过上述操作即可以"挤压"滤镜效果设置图像文件，如图 10-25 所示。

图 10-25

挤压滤镜

知识拓展

如果准备在其他选区上模拟波浪结果，可以单击【随机化】按钮，将【生成器数】值设置为 1，并将【最小波长】、【最大波长】和【波幅】参数设置为相同的值。

选择【滤镜】主菜单，在弹出的菜单中选择【扭曲】菜单项，在弹出的子菜单中可以设置如下滤镜效果：

- 【扩散亮光】滤镜：将图像渲染成像是透过一个柔和的扩散滤镜来观看的。此滤镜添加透明的白杂色，并从选区的中心向外渐隐亮光。
- 【置换】滤镜：使用名为置换图的图像确定如何扭曲选区。例如，使用抛物线形的置换图创建的图像看上去像是印在一块两角固定悬垂的布上。
- 【玻璃】滤镜：使图像显得像是透过不同类型的玻璃来观看的。可以选取玻璃效果或创建自己的玻璃表面（存储为 Photoshop 文件）并加以应用。可以调整缩放、扭曲和平滑度设置。当将表面控制与文件一起使用时，需要按【置换】滤镜的指导操作。
- 【镜头校正】滤镜：可修复常见的镜头瑕疵，如桶形和枕形失真、晕影和色差。
- 【海洋波纹】滤镜：将随机分隔的波纹添加到图像表面，使图像看上去像是在水中。
- 【挤压】滤镜：挤压选区。正值（最大值是 100%）将选区向中心移动；负值（最小值是 -100%）将选区向外移动。
- 【极坐标】滤镜：根据选中的选项，将选区从平面坐标转换到极坐标，或将选区从极坐标转换到平面坐标。可以使用此滤镜创建圆柱变体，当在镜面圆柱中观看圆柱变体中扭曲的图像时，图像是正常的。
- 【波纹】滤镜：在选区上创建波状起伏的图案，像水池表面的波纹。要进一步进行控制，可使用"波浪"滤镜。选项包括波纹的数量和大小。
- 【切变】滤镜：沿一条曲线扭曲图像。通过拖动框中的线条来指定曲线。可以调整曲线上的任何一点。单击"默认"可将曲线恢复为直线。另外，选取如何处理未扭曲的区域。
- 【球面化】滤镜：通过将选区折成球形、扭曲图像以及伸展图像以适合选中的曲线，使对象具有 3D 效果。
- 【旋转扭曲】滤镜：旋转选区，中心的旋转程度比边缘的旋转程度大。指定角度时可生成旋转扭曲图案。
- 【波浪】滤镜：工作方式类似于【波纹】滤镜，但可进行进一步的控制。选项包括波浪生成器的数量、波长（从一个波峰到下一个波峰的距离）、波浪高度和波浪类型：正弦（滚动）、三角形或方形。"随机化"选项应用随机值。也可以定义未扭曲的区域。
- 【水波】滤镜：根据选区中像素的半径将选区径向扭曲。"起伏"选项设置水波方向从选区的中心到其边缘的反转次数。还要指定如何置换像素："水池波纹"将像素置换到左上方或右下方，"从中心向外"向着或远离选区中心置换像素，而"围绕中心"围绕中心旋转像素。

10.3.2 像素化滤镜组

【像素化】子菜单中的滤镜通过使单元格中颜色值相近的像素结成块来清晰地定义一个选区。下面以设置"晶格化"滤镜效果为例，介绍使用像素化滤镜组的方法。

第1步 **1.** 选择【滤镜】主菜单。**2.** 在弹出的菜单中选择【像素化】菜单项。**3.** 在弹出的子菜单中选择【晶格化】子菜单项，如图 10-26 所示。

第2步 **1.** 弹出【晶格化】对话框，在【单元格大小】文本框中输入数值。**2.** 单击【确定】按钮 确定 ，如图 10-27 所示。

图 10-26

图 10-27

第3步 通过上述操作即可以"晶格化"滤镜效果设置图像文件，如图 10-28 所示。

晶格化滤镜

图 10-28

知识拓展

使用【马赛克】滤镜可使像素结为方形块。给定块中的像素颜色相同，块颜色代表选区中的颜色。

选择【滤镜】主菜单，在弹出的菜单中选择【像素化】菜单项，在弹出的子菜单中可以设置如下滤镜效果：

- 【彩色半调】滤镜：模拟在图像的每个通道上使用放大的半调网屏的效果。对于每个通道，滤镜将图像划分为矩形，并用圆形替换每个矩形。圆形的大小与矩形的亮度成比例。
- 【晶格化】滤镜：使像素结块形成多边形纯色。
- 【彩块化】滤镜：使纯色或相近颜色的像素结成相近颜色的像素块。可以使用此滤镜使扫描的图像看起来像手绘图像，或使现实主义图像类似抽象派绘画。
- 【碎片】滤镜：创建选区中像素的 4 个副本，将它们平均，并使其相互偏移。
- 【铜版雕刻】滤镜：将图像转换为黑白区域的随机图案或彩色图像中完全饱和颜色的随机图案。
- 【马赛克】滤镜：使像素结为方形块。给定块中的像素颜色相同，块颜色代表选区中的颜色。
- 【点状化】滤镜：将图像中的颜色分解为随机分布的网点，如同点状化绘画一样，并使用背景色作为网点之间的画布区域。

10.3.3 渲染滤镜组

渲染滤镜组在图像中创建 3D 形状、云彩图案、折射图案和模拟的光反射。下面以设置"镜头光晕"滤镜效果为例，练习使用渲染滤镜组的方法。

第1步 **1.** 选择【滤镜】主菜单。**2.** 在弹出的菜单中选择【渲染】菜单项。**3.** 在弹出的子菜单中选择【镜头光晕】子菜单项，如图 10-29 所示。

第2步 **1.** 弹出【镜头光晕】对话框，在【亮度】文本框中输入数值。**2.** 单击【确定】按钮 确定 ，如图 10-30 所示。

图 10-29

图 10-30

第3步 通过上述操作即可以"镜头光晕"滤镜效果设置图像文件，如图 10-31 所示。

镜头光晕滤镜

图 10-31

知识拓展

在弹出的【镜头光晕】对话框中，如果数值越大，则效果越明显，但是当数值大到一定程度时，则会导致曝光度太强而因此图像会不可见。

如果将当前图像应用【分层云彩】滤镜时，现有图层上的图像数据会被替换。

选择【滤镜】主菜单，在弹出的菜单中选择【渲染】菜单项，在弹出的子菜单中可以设置如下滤镜效果：

- 【云彩】滤镜：使用介于前景色与背景色之间的随机值生成柔和的云彩图案。
- 【分层云彩】滤镜：使用随机生成的介于前景色与背景色之间的值生成云彩图案。此滤镜将云彩数据和现有的像素混合，其方式与"差值"模式混合颜色的方式相同。第一次选取此滤镜时，图像的某些部分被反相为云彩图案。应用此滤镜几次之后，会创建出与大理石的纹理相似的凸缘与叶脉图案。当应用【分层云彩】滤镜时，现用图层上的图像数据会被替换。
- 【纤维】滤镜：使用前景色和背景色创建编织纤维的外观。可以使用【差异】滑块来控制颜色的变化方式（较低的值会产生较长的颜色条纹；而较高的值会产生非常短且颜色分布变化更大的纤维）。【强度】滑块控制每根纤维的外观。低设置会产生松散的织物，而高设置会产生短的绳状纤维。单击【随机化】按钮可更改图案的外观；可多次单击该按钮，直到得到喜欢的图案。当应用【纤维】滤镜时，现用图层上的图像数据会被替换。

- **【镜头光晕】滤镜**：模拟亮光照射到相机镜头所产生的折射。通过单击图像缩览图的任一位置或拖动其十字线，指定光晕中心的位置。
- **【光照效果】滤镜**：可以通过改变 17 种光照样式、3 种光照类型和 4 个光照属性，在 RGB 图像上产生无数种光照效果，还可以使用灰度文件的纹理（称为凹凸图）产生类似 3D 的效果，并存储自定义的样式以在其他图像中使用。

知识精讲

　　"渲染"滤镜功能可以根据前景及背景色作出云彩的效果，还有"光照效果"模拟灯光照射的场景效果。

10.3.4　风格化滤镜组

　　风格化滤镜组通过置换像素、查找并增加图像的对比度，在选区中生成绘画或印象派的效果。在使用【查找边缘】和【等高线】命令突出显示边缘的滤镜后，可应用【反相】命令用彩色线条勾勒彩色图像的边缘或用白色线条勾勒灰度图像的边缘。下面以设置"风"滤镜效果为例，练习使用风格化滤镜组的方法。

第1步　**1.** 选择【滤镜】主菜单。**2.** 在弹出的菜单中选择【风格化】菜单项。**3.** 在弹出的子菜单中选择【风】子菜单项，如图 10-32 所示。

第2步　**1.** 弹出【风】对话框，选中【风】单选按钮。**2.** 选中【从右】单选按钮。**3.** 单击【确定】按钮，如图 10-33 所示。

图 10-32

图 10-33

第3步　通过上述操作即可以"风"滤镜效果设置图像文件，如图 10-34 所示。

风滤镜效果

图 10-34

知识拓展

　　可以根据图片本身的特点设置图片的"风"滤镜效果，如从右或从左；还可以设置风的大小，如风、大风或是飓风。此外，如果第一次完成"风"滤镜效果的设置后，可以按<Ctrl>+<F>组合键再一次应用"风"滤镜效果。

选择【滤镜】主菜单，在弹出的菜单中选择【风格化】菜单项，在弹出的子菜单中可以设置如下滤镜效果：

- 　　【扩散】滤镜：根据选中的以下选项搅乱选区中的像素以虚化焦点："正常"使像素随机移动（忽略颜色值）；"变暗优先"用较暗的像素替换亮的像素；"变亮优先"用较亮的像素替换暗的像素。"各向异性"在颜色变化最小的方向上搅乱像素。

- 　　【浮雕效果】滤镜：通过将选区的填充色转换为灰色，并用原填充色描画边缘，从而使选区显得凸起或压低。选项包括浮雕角度（-360°～360°，-360°使表面凹陷，360°使表面凸起）、高度和选区中颜色数量的百分比（1%～500%）。要在进行浮雕处理时保留颜色和细节，可以在应用"浮雕"滤镜之后使用"渐隐"命令。

- 　　【凸出】滤镜：赋予选区或图层一种 3D 纹理效果。

- 　　【查找边缘】滤镜：用显著的转换标识图像的区域，并突出边缘。像【等高线】滤镜一样，该滤镜用相对于白色背景的黑色线条勾勒图像的边缘，这对生成图像周围的边界非常有用。

- 　　【照亮边缘】滤镜：标识颜色的边缘，并向其添加类似霓虹灯的光亮。此滤镜可累积使用。

- 　　【曝光过度】滤镜：混合负片和正片图像，类似于显影过程中将摄影的照片短暂曝光。

- 　　【拼贴】滤镜：将图像分解为一系列拼贴，使选区偏离其原来的位置。可以选取下列对象之一填充拼贴之间的区域：背景色，前景色，图像的反转版本或图像的未改变版本，它们使拼贴的版本位于原版本之上并露出原图像中位于拼贴边缘下面的部分。

- 　　【等高线】滤镜：查找主要亮度区域的转换，并为每个颜色通道淡淡地勾勒主要亮度区域的转换，以获得与等高线图中的线条类似的效果。

- 　　【风】滤镜：在图像中放置细小的水平线条来获得风吹的效果。方法包括"风"、"大风"（用于获得更生动的风效果）和"飓风"（使图像中的线条发生偏移）。

知识精讲

　　在设置滤镜效果过程中，如果发现设置好的滤镜效果不明显，可以重复滤镜操作，如当前已进行了"风"滤镜效果，如果再一次强化风效果，只需选择【滤镜】→【风】菜单项，或按<Ctrl>+<F>组合键重复上一次滤镜。

10.4　效果性滤镜

　　效果性滤镜是指将图像中的像素进行相应设置，使其具有一定的艺术效果，包括艺术效果滤镜组、画笔描边滤镜组、素描滤镜组和纹理滤镜组等。

10.4.1　艺术效果滤镜组

　　使用【艺术效果】子菜单中的滤镜，可以帮助美术或商业项目制作绘画效果或艺术效果。例如，将【木刻】滤镜用于拼贴或印刷。这些滤镜模仿自然或传统介质效果。可以通过滤镜库来应用所有艺术效果滤镜。下面以设置"壁画"滤镜效果为例，练习使用艺术效果滤镜组的方法。

第1步 *1.* 选择【滤镜】主菜单。*2.* 在弹出的菜单中选择【艺术效果】菜单项。*3.* 在弹出的子菜单中选择【壁画】子菜单项，如图 10-35 所示。

第2步 *1.* 弹出【壁画】对话框，拖动【画笔细节】滑块。*2.* 单击【确定】按钮 确定 ，如图 10-36 所示。

图 10-35

图 10-36

第3步 通过上述操作即可以"壁画"滤镜效果设置图像文件，如图 10-37 所示。

壁画滤镜效果

图 10-37

知识拓展

如果准备制作羊皮纸效果，可以将【彩色铅笔】滤镜应用于选中区域之前更改背景色。

实用技巧

按<Alt>键，单击【复位】按钮 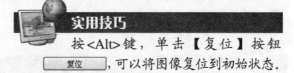 ，可以将图像复位到初始状态。

选择【滤镜】主菜单，在弹出的菜单中选择【艺术效果】菜单项，在弹出的子菜单中可以设置如下滤镜效果：

- **【木刻】滤镜**：使图像看上去好像是由从彩纸上剪下的边缘粗糙的剪纸片组成的。高对比度的图像看起来呈剪影状，而彩色图像看上去是由几层彩纸组成的。
- **【干画笔】滤镜**：使用干画笔技术（介于油彩和水彩之间）绘制图像边缘。此滤镜通过将图像的颜色范围降到普通颜色范围来简化图像。
- **【胶片颗粒】滤镜**：将平滑图案应用于阴影和中间色调。将一种更平滑、饱和度更高的图案添加到亮区。在消除混合的条纹和将各种来源的图素在视觉上进行统一时，此滤镜非常有用。
- **【壁画】滤镜**：使用短而圆的、粗略涂抹的小块颜料，以一种粗糙的风格绘制图像。
- **【霓虹灯光】滤镜**：将各种类型的灯光添加到图像中的对象上。此滤镜用于在柔化图像外观时为图像着色。如果准备选择一种发光颜色，可以单击【发光框】拾色块，并从拾色器中选择一种颜色。
- **【绘画涂抹】滤镜**：可以选取各种大小（从1～50）和类型的画笔来创建绘画效果。画笔类型包括简单、未处理光照、暗光、宽锐化、宽模糊和火花。
- **【调色刀】滤镜**：减少图像中的细节以生成描绘得很淡的画布效果，可以显示出下面的纹理。

- **【塑料包装】滤镜**：为图像涂上一层光亮的塑料，以强调表面细节。
- **【海报边缘】滤镜**：根据设置的海报化选项减少图像中的颜色数量(对其进行色调分离)，并查找图像的边缘，在边缘上绘制黑色线条。大而宽的区域有简单的阴影，而细小的深色细节遍布图像。
- **【粗糙蜡笔】滤镜**：在带纹理的背景上应用粉笔描边。在亮色区域，粉笔看上去很厚，几乎看不见纹理；在深色区域，粉笔似乎被擦去了，使纹理显露出来。
- **【涂抹棒】滤镜**：使用短的对角描边涂抹暗区以柔化图像。亮区变得更亮，以致失去细节。
- **【海绵】滤镜**：使用颜色对比强烈、纹理较重的区域创建图像，以模拟海绵绘画的效果。
- **【底纹效果】滤镜**：在带纹理的背景上绘制图像，然后将最终图像绘制在该图像上。
- **【水彩】滤镜**：以水彩的风格绘制图像，使用蘸了水和颜料的中号画笔绘制以简化细节。当边缘有显著的色调变化时，此滤镜会使颜色更饱满。

知识精讲

壁画滤镜的功能是模仿西方宗教壁画的效果，它将图像中一小片相同或相近的像素汇集在一些小点，使之产生类似于印象派作品的效果，选择该命令后弹出【壁画】对话框，具体含义如下：

【画笔大小】文本框：数值越大，笔画效果越明显，参数设置范围为0～10。

【画笔细节】文本框：数值越小，笔画效果越多，参数设置范围为0～10。

【纹理】文本框：数值越大，纹理效果越明显。参数设置范围为1～3。

10.4.2 画笔描边滤镜组

与艺术效果滤镜一样，画笔描边滤镜组使用不同的画笔和油墨描边效果创造出绘画效果的外观。有些滤镜添加颗粒、绘画、杂色、边缘细节或纹理。可以通过滤镜库来应用所有画笔描边滤镜。下面以设置"阴影线"滤镜效果为例，练习画笔描边滤镜组的使用方法。

第1步 **1.** 选择【滤镜】主菜单。**2.** 在弹出的菜单中选择【画笔描边】菜单项。**3.** 在弹出的子菜单中选择【阴影线】子菜单项，如图 10-38 所示。

第2步 **1.** 弹出【阴影线】对话框，拖动【锐化程度】滑块。**2.** 单击【确定】按钮，如图 10-39 所示。

图 10-38

图 10-39

第3步 通过上述操作即可以"阴影线"滤镜效果设置图像文件，如图 10-40 所示。

图 10-40

知识拓展

在【阴影线】对话框中，描边长度越长、锐化程度和强度越强，滤镜效果越明显。

可以在【强度】文本框中输入 1～3 之间的数值，以确定阴影小的遍数。

选择【滤镜】主菜单，在弹出的菜单中选择【画笔描边】菜单项，在弹出的子菜单中可以设置如下滤镜效果：

- 　【强化的边缘】滤镜：强化图像边缘。设置高的边缘亮度控制值时，强化效果类似白色粉笔；设置低的边缘亮度控制值时，强化效果类似黑色油墨。
- 　【成角的线条】滤镜：使用对角描边重新绘制图像，用反方向的线条来绘制亮区和暗区。
- 　【阴影线】滤镜：保留原始图像的细节和特征，同时使用模拟的铅笔阴影线添加纹理，并使彩色区域的边缘变粗糙。【强度】选项（使用值 1～3）确定使用阴影线的遍数。
- 　【深色线条】滤镜：用短的、绷紧的深色线条绘制暗区；用长的白色线条绘制亮区。
- 　【墨水轮廓】滤镜：以钢笔画的风格，用纤细的线条在原细节上重绘图像。
- 　【喷溅】滤镜：模拟喷溅喷枪的效果。增加选项可简化总体效果。
- 　【喷色描边】滤镜：使用图像的主导色，用成角的、喷溅的颜色线条重新绘画图像。
- 　【烟灰墨】滤镜：以日本画的风格绘画图像，像是用蘸满油墨的画笔在宣纸上绘画。

10.4.3　素描滤镜组

　　【素描】子菜单中的滤镜将纹理添加到图像上，通常用于获得 3D 效果，这些滤镜还适用于创建美术或手绘外观。许多【素描】滤镜在重绘图像时使用前景色和背景色。可以通过滤镜库来应用所有【素描】滤镜。下面以设置"影印"滤镜效果为例，练习使用素描滤镜组的方法。

第1步 *1.* 选择【滤镜】主菜单。*2.* 在弹出的菜单中选择【素描】菜单项。*3.* 在弹出的子菜单中选择【影印】子菜单项，如图 10-41 所示。

图 10-41

第2步 *1.* 弹出【影印】对话框，拖动【细节】滑块。*2.* 单击【确定】按钮，如图 10-42 所示。

图 10-42

第3步 通过上述操作即可以"影印"滤镜效果设置图像文件，如图 10-43 所示。

影印滤镜效果

图 10-43

知识拓展

在【影印】对话框中，【细节】值越大、【暗度】值越高，则"影印"滤镜效果越对比度越明显。

实用技巧

【暗度值】文本框：数值越大，暗度越明显，参数设置范围为 1～50；【细节】文本框：数值越大效果越明显，参数设置范围为 1～24。

选择【滤镜】主菜单，在弹出的菜单中选择【素描】菜单项，在弹出的子菜单中可以设置如下滤镜效果：

- ■ 【基底凸现】滤镜：变换图像，使之呈现浮雕的雕刻状和突出光照下变化各异的表面。图像的暗区呈现前景色，而浅色使用背景色。
- ■ 【粉笔和炭笔】滤镜：重绘高光和中间调，并使用粗糙粉笔绘制纯中间调的灰色背景。阴影区域用黑色对角炭笔线条替换。炭笔用前景色绘制，粉笔用背景色绘制。
- ■ 【炭笔】滤镜：产生色调分离的涂抹效果。主要边缘以粗线条绘制，而中间色调用对角描边进行素描。炭笔是前景色，背景是纸张颜色。
- ■ 【铬黄】滤镜：渲染图像，就好像它具有擦亮的铬黄表面。高光在反射表面上是高点，阴影是低点。应用此滤镜后，使用【色阶】对话框可以增加图像的对比度。
- ■ 【炭精笔】滤镜：在图像上模拟浓黑和纯白的炭精笔纹理。【炭精笔】滤镜在暗区使用前景色，在亮区使用背景色。为了获得更逼真的效果，可以在应用滤镜之前将前景色改为一种常用的"炭精笔"颜色（黑色、深褐色或血红色）。如果准备获得减弱的效果，可以将背景色改为白色，在白色背景中添加一些前景色，然后再应用滤镜。
- ■ 【绘图笔】滤镜：使用细的、线状的油墨描边以捕捉原图像中的细节。对于扫描图像，效果尤其明显。此滤镜使用前景色作为油墨，并使用背景色作为纸张，以替换原图像中的颜色。
- ■ 【半调图案】滤镜：在保持连续的色调范围的同时，模拟半调网屏的效果。
- ■ 【便条纸】滤镜：创建像是用手工制作的纸张构建的图像。此滤镜简化了图像，并结合使用【风格化】、【浮雕】、【纹理】和【颗粒】滤镜的效果。图像的暗区显示为纸张上层中的洞，使背景色显示出来。
- ■ 【影印】滤镜：模拟影印图像的效果。大的暗区趋向于只拷贝边缘四周，而中间色调要么纯黑色，要么纯白色。

10.4.4 纹理滤镜组

可以使用纹理滤镜组模拟具有深度感或物质感的外观，或者添加一种器质外观。下面以设置"马赛克拼图"滤镜效果为例，练习使用纹理滤镜组的方法。

第1步 **1.** 选择【滤镜】主菜单。**2.** 在弹出的菜单中选择【纹理】菜单项。**3.** 在弹出的子菜单中选择【马赛克拼图】子菜单项,如图 10-44 所示。

图 10-44

第2步 **1.** 弹出【马赛克拼图】对话框,拖动【拼贴大小】滑块。**2.** 单击【确定】按钮 确定 ,如图 10-45 所示。

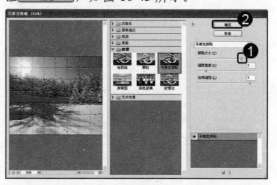

图 10-45

第3步 通过上述操作即可以"马赛克拼图"滤镜效果设置图像文件,如图 10-46 所示。

图 10-46

知识拓展

　　在【马赛克拼图】对话框中,【拼图大小】值越大,则拼图数量越多,【缝隙宽度】值越大,则拼图的缝隙越大。

　　选择【滤镜】主菜单,在弹出的菜单中选择【纹理】菜单项,在弹出的子菜单中可以设置如下滤镜效果:

- 【龟裂缝】滤镜:将图像绘制在一个高凸现的石膏表面上,以循着图像等高线生成精细的网状裂缝。使用此滤镜可以对包含多种颜色值或灰度值的图像创建浮雕效果。
- 【颗粒】滤镜:通过模拟以下不同种类的颗粒在图像中添加纹理:常规、软化、喷洒、结块、强反差、扩大、点刻、水平、垂直和斑点(可从【颗粒类型】菜单中进行选择)。
- 【马赛克拼贴】滤镜:渲染图像,使它看起来是由小的碎片或拼贴组成,然后在拼贴之间灌浆。(相反,选择【滤镜】→【像素化】→【马赛克】菜单项将图像分解成各种颜色的像素块。)
- 【拼缀图】滤镜:将图像分解为用图像中该区域的主色填充的正方形。此滤镜随机减小或增大拼贴的深度,以模拟高光和阴影。
- 【染色玻璃】滤镜:将图像重新绘制为用前景色勾勒的单色的相邻单元格。
- 【纹理化】滤镜:将选择或创建的纹理应用于图像。

10.5　实　践　操　作

　　对滤镜的特点与使用方法、校正性滤镜、破坏性滤镜和效果性滤镜有所了解后,本节将针对以上所学知识制作两个案例，分别是制作撕坏的照片和制作木板画。希望用户通过对这两个案例的制作过程，能够完全掌握本章所学知识。

10.5.1　制作撕坏的照片

对破坏性滤镜有所了解后，本小节将使用晶格化滤镜制作图像被撕开的效果，下面予以介绍。

素材文件	实例\第 10 章\素材文件\10-5-1.jpg
效果文件	实例\第 10 章\效果文件\10-5-1.psd

第1步　**1.** 选中【画笔工具】 。**2.** 设置【画笔工具】的参数。**3.** 单击【快速蒙版】按钮 ，如图 10-47 所示。

第2步　使用【画笔工具】 在图像文件上涂抹，即可创建快速蒙版，如图 10-48 所示。

图 10-47

创建快速蒙版

图 10-48

第3步　**1.** 选择【滤镜】→【像素化】→【晶格化】菜单项，弹出【晶格化】对话框，在【单元格大小】文本框中输入数值，如 9。**2.** 单击【确定】按钮 ，如图 10-49 所示。

第4步　返回到文档窗口主界面，单击【标准模式】按钮 ，如图 10-50 所示。

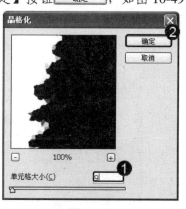

图 10-49

单击

图 10-50

第5步 **1.** 选择【编辑】主菜单。**2.** 在弹出的菜单中选择【剪切】菜单项，如图 10-51 所示。

图 10-51

第6步 单击【图层】面板底部的【创建新图层】按钮 🔲，新建"图层 1"，按<Ctrl>+<V>组合键，将剪切图像粘贴在"图层 1"上，如图 10-52 所示。

图 10-52

第7步 按<Ctrl>+<T>组合键，旋转"图层1"图像并调整其位置，如图 10-53 所示。

图 10-53

第8步 按<Ctrl>+<Shift>+<E>组合键，合并可见图层，即可制作撕坏的照片，如图 10-54 所示。

图 10-54

10.5.2 制作木版画

前面已经讲述了风格化和纹理滤镜组的使用方法，本小节将使用这些知识制作一个木版画，下面予以介绍。

素材文件	实例\第 10 章\素材文件\10-5-2.jpg，材质.bmp
效果文件	实例\第 10 章\效果文件\10-5-2.psd

第1步 **1.** 选择【滤镜】主菜单。**2.** 在弹出的菜单中选择【风格化】菜单项。**3.** 在弹出的子菜单中选择【查找边缘】子菜单项，如图 10-55 所示。

图 10-55

第2步 通过上述操作即可以"查找边缘"滤镜效果设置图像文件，如图 10-56 所示。

图 10-56

第3步 **1.** 选择【图像】主菜单。**2.** 在弹出的菜单中选择【模式】菜单项。**3.** 在弹出的子菜单中选择【灰度】子菜单项，如图 10-57 所示。

图 10-57

第5步 通过上述操作即可改变当前图像为灰度图像，将处理后的灰度图像存储为 PSD 格式文件，然后将其关闭，如图 10-59 所示。

图 10-59

第7步 **1.** 弹出【纹理化】对话框，单击【纹理】按钮。**2.** 在弹出的下拉菜单中选择【载入纹理】菜单项，如图 10-61 所示。

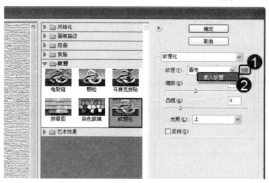

图 10-61

第4步 弹出【信息】对话框，提示是否要扔掉颜色信息，此时单击【扔掉】按钮，如图 10-58 所示。

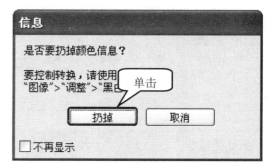

图 10-58

第6步 **1.** 选择【滤镜】主菜单。**2.** 在弹出的菜单中选择【纹理】菜单项。**3.** 在弹出的子菜单中选择【纹理化】子菜单项，如图 10-60 所示。

图 10-60

第8步 **1.** 弹出【载入纹理】对话框，选择准备载入的纹理。**2.** 单击【打开】按钮，如图 10-62 所示。

图 10-62

第9步 **1.** 弹出【纹理化】对话框，滑动【缩放】滑块。**2.** 拖动【凸现】比例滑块。**3.** 单击【确定】按钮 确定 ，如图 10-63 所示。

第10步 通过上述操作即可制作木版画，效果如图 10-64 所示。

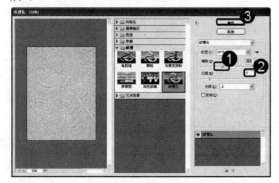

图 10-63

木版画效果图

图 10-64

 读书笔记

_____

_____

_____

_____

_____

_____

_____

Chapter >> 11

动作和任务自动化

本 章 要 点

1. 动作
2. 任务自动化

本章主要内容

　　本章主要介绍了动作面板、应用预设动作、播放动作、动作的编辑和管理方面的知识与技巧，同时还讲解了如何使用任务自动化进行批处理、裁剪并修齐照片和制作全景图像；在本章的最后还针对实际的工作需求制作了两个案例，分别是使用图像处理器批量转换图像和在动作中插入停止，希望用户通过学习这两个案例的制作过程能够完全掌握动作和任务自动化方面的知识。

11.1 动　作

动作是指在单个文件或一批文件上执行的一系列任务，如菜单命令、面板选项、工具动作等。例如，可以创建这样一个动作，首先更改图像大小，对图像应用效果，然后按照所需格式存储文件。

11.1.1　动作面板

选择【窗口】主菜单，在弹出的菜单中选择【动作】菜单项，可以打开【动作】面板。使用【动作】面板可以记录、播放、编辑和删除各个动作，此面板还可以用来存储和载入动作文件，如图 11-1 所示。

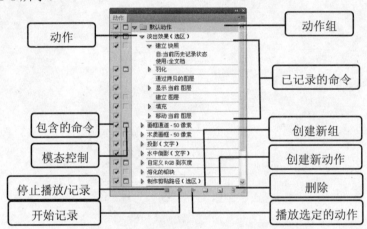

图 11-1

■　**动作组/动作/已记录的命令**：动作组是一系列动作的集合，动作是一系列操作命令的集合，单击已记录的命令前的向下箭头按钮 ▽，可以展开命令列表，显示命令的具体参数。

■　**包含的命令**：如果目前的动作组、动作和已记录的命令中显示 ✔ 标志，表示这个动作组、动作和已记录的命令可以执行；如果无该标志，则动作组和已记录的命令不能执行，如果某一命令前有该标志，表示该命令不能执行。

■　**模态控制**：也称"打开或关闭"，如果该命令前有 🔲 标志，表示动作执行到该命令时暂停，并打开相应命令的对话框，可以修改相应命令的参数，单击【确定】按钮可以继续执行后面的动作，如果动作组和动作前出现该标志，并显示为红色，则表示该动作中有部分命令设置了暂停。

■　**【停止播放/记录】按钮 ■**：用来停止播放动作和停止记录动作。

■　**【开始记录】按钮 ●**：单击该按钮可以进行录制动作操作。

■　**【播放选定的动作】按钮 ▶**：选择一个动作后，单击该按钮可播放该动作。

■　**【创建新组】按钮 ▭**：单击该按钮，将创建一个新的动作组。

■　**【创建新动作】按钮 ◨**：单击该按钮，可以创建一个新动作。

■　**【删除】按钮 🗑**：选择动作组、动作和已记录的命令后，单击该按钮将删除这些命令。

11.1.2　应用预设动作

可以使用 Photoshop CS4 中自带的预设动作设置图像效果。下面具体介绍应用预设动作的方法。

第1步　**1.** 单击已记录的命令前的向下箭头按钮▽。**2.** 单击【播放选定的动作】▶，如图 11-2 所示。

第2步　通过上述操作即可播放并应用预设动作，如图 11-3 所示。

图 11-2

图 11-3

11.1.3　录制新动作

在实际情况下，可以录制新动作处理当前的照片。下面具体介绍在 Photoshop CS4 中录制新动作处理照片的方法。

第1步　在【动作】面板中单击【创建新组】按钮，如图 11-4 所示。

第2步　弹出【新建组】对话框，使用默认名称，单击【确定】按钮，如图 11-5 所示。

图 11-4

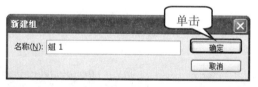

图 11-5

第3步　单击【创建新动作】按钮，如图 11-6 所示。

第4步　弹出【新建动作】对话框，使用默认名称，单击【记录】按钮，如图 11-7 所示。

图 11-6

图 11-7

第5步 *1.* 按<Ctrl>+<M>组合键,弹出【曲线】对话框,在【预设】下拉列表中选择【彩色负片】列表项。*2.* 单击【确定】按钮 确定 ,如图 11-8 所示。

第6步 *1.* 按<Ctrl>+<B>组合键,弹出【色彩平衡】对话框,在【色阶】文本框中输入色阶值。*2.* 滑动【洋红】滑块。*3.* 滑动【黄色】滑块。*4.* 单击【确定】按钮 确定 ,如图 11-9 所示。

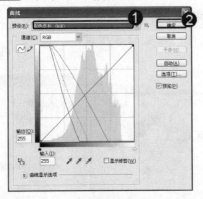

图 11-8

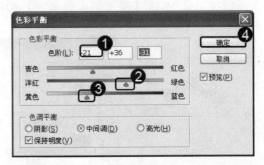

图 11-9

第7步 此时【动作】面板中显示录制的新动作,将当前的图像文件进行另存,并在【动作】面板中单击【停止播放/记录】按钮 即可完成录制新动作操作,如图 11-10 所示。

图 11-10

知识拓展

对于创建的动作组,如果动作组包含的命令使用错误,可以选中错误的命令,拖动至【删除】按钮 上方以删除该命令。

实用技巧

在记录动作时,可以使用【条件模式更改】命令为源模式指定一个或多个模式,并为目标模式指定一个模式。

知识精讲

单击【动作】面板菜单按钮 ,在弹出的面板菜单中选择【新建动作】菜单项可以创建新动作。选择【新建组】菜单项可以创建新组。选中准备删除的已记录的命令,单击【动作】面板菜单按钮 ,在弹出的面板菜单中选择【删除】菜单项可以删除错误记录的命令。

11.1.4 动作的编辑和管理

管理【动作】面板可以使动作具有条理性,并仅提供所需的动作项目,可以重新排列、复制、删除、重命名和更改【动作】面板中的动作选项。下面具体介绍如何编辑和管理动作的方法。

第1步 将【风】命令单击并拖动到【曲线】上方，如图 11-11 所示。

图 11-11

第3步 在【动作】面板中单击【开始记录】按钮 ◉，如图 11-13 所示。

图 11-13

第5步 在【动作】面板中单击【停止播放/记录】按钮 ◼ 即可结束动作的录制，如图 11-15 所示。

图 11-15

第2步 通过上述操作即可重新排列动作命令，如图 11-12 所示。

图 11-12

第4步 选择【滤镜】→【艺术效果】→【霓虹灯光】菜单项，弹出【霓虹灯光】对话框，*1.* 滑动【发光亮度】滑块。*2.* 单击【确定】按钮 ▭确定▭，如图 11-14 所示。

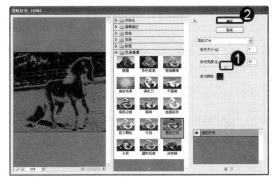

图 11-14

第6步 通过上述操作即可完成动作的编辑与管理操作，如图 11-16 所示。

图 11-16

11.2　任务自动化

任务自动化可以节省时间，并确保多种操作结果的一致性。Photoshop 提供了多种自动执行任务的方法，如批处理、裁剪并修齐照片、Web 照片画廊和制作全景图像。

11.2.1　批处理

"批处理"命令可以对一个文件夹中的文件运行动作。如果有带文档输入器的数码相机或扫描仪，也可以用单个动作导入和处理多个图像。扫描仪或数码相机可能需要支持动作的取入增效工具模块。下面具体介绍使用批处理的方法。

第1步　1. 选择【文件】→【自动】→【批处理】菜单项，弹出【批处理】对话框，选择【组1】列表项。2. 选择【动作1】列表项。3. 单击【选择】按钮 选择(C)... ，如图 11-17 所示。

第2步　1. 弹出【浏览文件夹】对话框，选择准备进行批处理的文件夹。2. 单击【确定】按钮 确定 ，如图 11-18 所示。

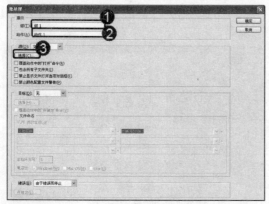

图 11-17

图 11-18

第3步　1. 返回到【批处理】对话框，在【目标】下拉列表中选择【文件夹】列表项。2. 单击【选择】按钮 选择(H)... ，如图 11-19 所示。

第4步　1. 弹出【浏览文件夹】对话框，选择目标文件夹，如"图片"。2. 单击【确定】按钮 确定 ，如图 11-20 所示。

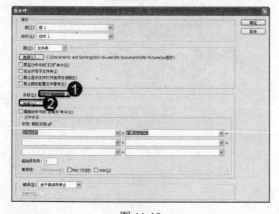

图 11-19

图 11-20

第5步 返回到【批处理】对话框,单击【确定】按钮 确定 ,如图 11-21 所示。

第6步 弹出【存储为】对话框进行保存。弹出【JPEG 选项】对话框,单击【确定】按钮 确定 即可使用所选动作将文件夹中的所有图像处理为"动作 1"的效果,如图 11-22 所示。

图 11-21

图 11-22

11.2.2 裁剪并修齐照片

可以在扫描仪中放入若干照片并一次性扫描它们,这将创建一个图像文件。【裁剪并修齐照片】命令是一项自动化功能,可以通过多图像扫描创建单独的图像文件。下面予以介绍。

第1步 *1.* 打开包含准备分离图像的扫描文件,并创建包含这些图像的图层。*2.* 在处理的图像周围绘制一个选区,如图 11-23 所示。

第2步 选择【文件】→【自动】→【裁剪并修齐照片】菜单项即可创建图像副本,完成裁剪并修齐照片操作,如图 11-24 所示。

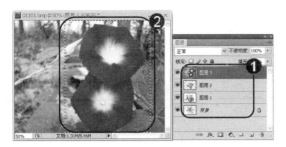

图 11-23

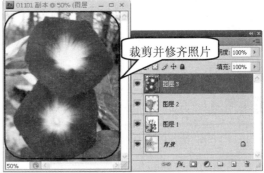

图 11-24

11.2.3 制作全景图像

使用 Photomerge 命令可以将多幅照片组合成一个连续的图像。例如,可以拍摄城市地平线的 5 张重叠照片,然后将它们汇集成一个全景图。Photomerge 命令能够汇集水平平铺和垂直平铺的照片。下面具体介绍制作全景图像的方法。

第1步 拍摄两张准备汇集成一幅全景图的照片，如图 11-25 所示。

图 11-25

第3步 **1.** 弹出【打开】对话框，选择准备打开的两张照片。**2.** 单击【确定】按钮 确定(D) ，如图 11-27 所示。

图 11-27

第5步 通过上述操作即可制作全景图像，如图 11-29 所示。

图 11-29

第2步 选择【文件】→【自动】→【Photomerge】菜单项，弹出 Photomerge 对话框，单击【浏览】按钮 浏览(B)... ，如图 11-26 所示。

图 11-26

第4步 返回到 Photomerge 对话框，单击【确定】按钮 确定(D) ，如图 11-28 所示。

图 11-28

知识拓展

使用 Photomerge 命令可以拼合两张以上的照片，如果准备移动某个图像，可以选中该图像，单击【移去】按钮 移去(R) 。

全景图像边缘也许会有透明像素。这会使最终的 360° 全景图无法正确折叠。可以裁剪掉像素，或使用"位移"滤镜来标识并移去像素。

11.3　实　践　操　作

对动作和任务自动化内容有所了解后，本节将针对以上所学知识制作两个案例，分别是使用图像处理器转换图像和在动作中插入停止，希望用户通过这两个案例的制作过程能够完全掌握本章所学知识。

11.3.1　使用图像处理器批量转换图像

使用图像处理器批量转换图像，可以将一批图像处理成风格相似的图像效果。下面具体介绍使用图像处理器批量转换图像的方法。

素材文件	实例\第 11 章\素材文件\"图像"文件夹
效果文件	实例\第 11 章\效果文件\"批处理"文件夹

第 1 步 *1.* 单击【动作】面板菜单按钮，*2.* 在弹出的面板菜单中选择【画框】菜单项，如图 11-30 所示。

第 2 步 通过上述操作即可调出【画框】动作组，如图 11-31 所示。

图 11-30

图 11-31

第 3 步 *1.* 选择【文件】→【自动】→【批处理】菜单项，弹出【批处理】对话框，选择【画框】列表项。*2.* 选择【浪花形画框】列表项。*3.* 单击【选择】按钮，如图 11-32 所示。

第 4 步 *1.* 弹出【浏览文件夹】对话框，选择准备进行批处理的文件夹。*2.* 单击【确定】按钮，如图 11-33 所示。

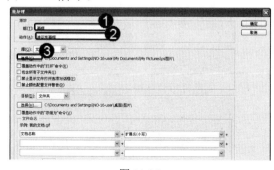

图 11-32

图 11-33

第5步 **1.** 返回到【批处理】对话框，在【目标】下拉列表中选择【文件夹】列表项。**2.** 单击【选择】按钮 选择(H)... ，如图 11-34 所示。

图 11-34

第7步 返回到【批处理】对话框，单击【确定】按钮 确定 ，如图 11-36 所示。

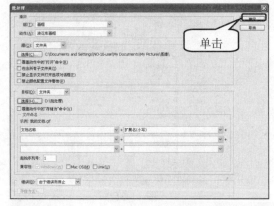

图 11-36

第9步 弹出【JPEG 选项】对话框，选择准备保存的位置，单击【确定】按钮 确定 ，如图 11-38 所示。

图 11-38

第6步 **1.** 弹出【浏览文件夹】对话框，选择目标文件夹，如"图片"。**2.** 单击【确定】按钮 确定 ，如图 11-35 所示。

图 11-35

第8步 **1.** 弹出【存储为】对话框，选择"001"图像准备保存的位置。**2.** 选择准备保存的格式，如"JPEG"。**3.** 单击【保存】按钮 保存(S) ，如图 11-37 所示。

图 11-37

第10步 弹出图像文件夹中包含的所有图像的提示信息，按照与保存"001"图像相同的方法进行设置，即可完成批处理操作，如图 11-39 所示。

图 11-39

11.3.2　在动作中插入停止

可以在动作中包含停止，以便执行无法记录的任务。下面具体介绍在动作中插入停止的方法。

素材文件	实例\第 11 章\素材文件\11-3-2.jpg
效果文件	实例\第 11 章\效果文件\11-3-2.psd

第1步　**1.** 选中【色彩平衡】命令。**2.** 单击【动作】面板菜单按钮▤。**3.** 在弹出的菜单中选择【插入停止】菜单项，如图 11-40 所示。

第2步　**1.** 弹出【记录停止】对话框，在【信息】文本框中输入信息。**2.** 选中【允许继续】复选框。**3.** 单击【确定】按钮 确定 ，如图 11-41 所示。

图 11-40

图 11-41

知识精讲

在弹出的【记录停止】对话框，如果取消选中【允许继续】复选框，在录制动作时，则不可以继续进行【停止】命令后的记录命令；选中【允许继续】复选框，则可继续进行【停止】命令后的记录命令。

第3步　通过上述操作即可将【停止】命令插入到动作组中，如图 11-42 所示。

第4步　移动【停止】命令到【风】命令的下方，如图 11-43 所示。

图 11-42

图 11-43

第5步 *1.* 选中【动作1】动作。*2.* 单击【播放选定的动作】按钮 ▶，如图 11-44 所示。

第6步 弹出【信息】对话框，单击【停止】按钮 停止(S)，如图 11-45 所示。

图 11-44

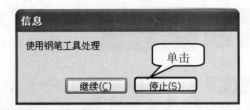

图 11-45

第7步 通过上述操作即可仅录制【风】命令，显示"风"滤镜效果，如图 11-46 所示。

图 11-46

知识拓展

在弹出的【信息】对话框中，如果单击【继续】按钮 继续(C)，可以录制"风"以下的命令。

在插入停止时，需要注意：在记录动作时或动作记录完毕后可以插入停止。

读书笔记

_____

_____

_____

_____

_____

Chapter >> 12

Photoshop CS4 综合应用实例

本章要点

1. 制作商业广告
2. 为黑白照片上色
3. 制作放射字

本章主要内容

　　本章主要根据前面所学知识进行了综合运用，并制作出 3 个实例，分别是制作商业广告、为黑白照片上色和制作放射字，希望用户通过学习这 3 个实例的制作过程能够完全掌握本书所学知识以及所讲重点，以达到融会贯通的目的。

12.1 制作商业广告

在本节实例中，将介绍"文杰蔬菜水果"广告的制作过程，主要使用【套索工具】、【调整色相/饱和度】命令和【拷贝与粘贴图层样式】命令以及【球面化】滤镜等，下面予以介绍。

素材文件	实例\第 12 章\素材文件\"广告"文件夹
效果文件	实例\第 12 章\效果文件\文杰蔬菜水果.psd

12.1.1 创意制作樱桃

"文杰蔬菜水果"广告大体分为 4 部分，本小节具体介绍第一部分的制作过程，下面进行详细介绍。

第 1 步 *1.* 按<Ctrl>+<N>组合键，弹出【新建】对话框，在【名称】文本框中输入文件的名称。*2.* 在【预设】下拉列表中选择【国际标准纸张】列表项。*3.* 在【大小】下拉列表中选择【A4】列表项。*4.* 单击【确定】按钮 确定 ，如图 12-1 所示。

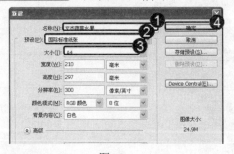

图 12-1

第 2 步 创建图像文件，单击【新建图层】按钮 ，如图 12-2 所示。

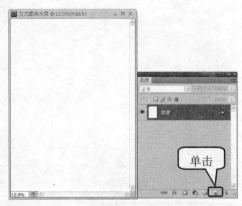

图 12-2

第 3 步 显示创建的图层。*1.* 选择【矩形选框】工具。*2.* 选择【固定大小】列表项。*3.* 在【宽度】文本框中输入宽度值。*4.* 在【高度】文本框中输入高度值，如图 12-3 所示。

图 12-3

第 4 步 按<Ctrl> + <'>组合键显示分隔线，在绘图区域单击即可创建指定高度的选区，并放置在合适的位置，如图 12-4 所示。

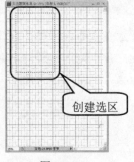

图 12-4

第5步 *1.* 设置前景色为深绿色。*2.* 按 <Alt>+<Delete>组合键用前景色填充选区，如图 12-5 所示。

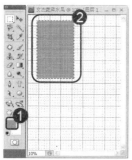

图 12-5

第7步 打开本书配套素材光盘"第 12 章"\ "素材文件"\"广告"文件夹中的"素材 1.psd"。使用【移动工具】，将图像拖动至文件中，如图 12-7 所示。

图 12-7

第9步 按<Enter>键以应用变换，在"樱桃"图层上使用【矩形选框工具】绘制选区，如图 12-9 所示。

图 12-9

第6步 按照同样的方法创建其他 3 个图层，并进行选区颜色的填充，如图 12-6 所示。

图 12-6

第8步 按<Ctrl>+<T>组合键进行自由变换，对"樱桃"图层进行调整，如图 12-8 所示。

图 12-8

第10步 *1.* 选择【滤镜】→【扭曲】→【切变】菜单项，弹出【切变】对话框，在竖线上单击增加调整点，拖动调整点调整切变方向和大小。*2.* 单击【确定】按钮，如图 12-10 所示。

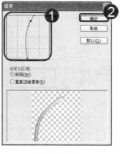

图 12-10

第 11 步 按<Ctrl>+<D>组合键取消选区，即可显示切变效果，如图 12-11 所示。

图 12-11

第 13 步 按<Ctrl>+<T>组合键进行自由变换，对"耳麦"图层进行调整，如图 12-13 所示。

图 12-13

第 15 步 1. 选中"耳麦"图层。2. 单击【添加图层样式】按钮 fx. 。3. 在弹出的下拉菜单中选择【投影】菜单项，如图 12-15 所示。

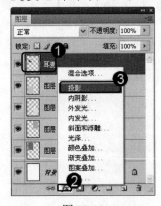

图 12-15

第 12 步 打开本书配套素材光盘"第 12 章" \ "素材文件" \ "广告"文件夹中的"素材 2. psd"。使用【移动工具】，将图像拖动至文件中，如图 12-12 所示。

图 12-12

第 14 步 按<Enter>键以应用变换，然后选中"耳麦"图层与"樱桃"图层，并按<Ctrl> + <E>组合键以合并图层，如图 12-14 所示。

图 12-14

第 16 步 1. 弹出【图层样式】对话框，设置【混合模式】的颜色。2. 在【角度】文本框中输入角度值。3. 在【距离】文本框中输入距离值。4. 滑动【大小】滑块。5. 单击【确定】按钮，如图 12-16 所示。

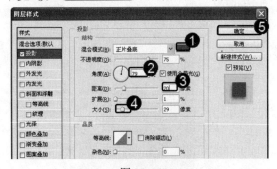

图 12-16

第17步 通过上述操作即可制作主体第一部分，如图 12-17 所示。

完成制作

图 12-17

知识拓展

　　根据需要可以对设置好的"耳麦"图层进行进一步设置，如添加滤镜效果、进行色彩设置等。

　　也可以对樱桃进行进一步的设置，如自动调整颜色、亮度/对比度和滤镜效果等。

12.1.2　创意制作芒果

　　第二部分是将"芒果"和"裙子"图层进行组合，完成芒果的创意制作，其操作方法与第一部分制作类似，下面予以介绍。

第1步 打开本书配套素材光盘"第12章"\"素材文件"\"广告"文件夹中的"素材3.psd"，使用【移动工具】，将图像拖动至文件中，如图 12-18 所示。

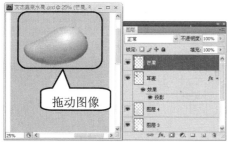

拖动图像

图 12-18

第2步 打开本书配套素材光盘"第12章"\"素材文件"\"广告"文件夹中的"素材4.psd"，使用【移动工具】，将图像拖动至文件，如图 12-19 所示。

拖动图像

图 12-19

第3步 对"芒果"图层和"裙子"图层进行自由变换，使它们很好地融合在一起，如图 12-20 所示。

融合一起

图 12-20

第4步 按<Ctrl>+<E>组合键合并图层，如图 12-21 所示。

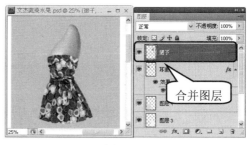

合并图层

图 12-21

第5步 为"裙子"图层设置"投影"效果图层样式，如图 12-22 所示。

图 12-22

第6步 对图层中的图像进行调整，使其与第一幅图像的大小相匹配，如图 12-23 所示。

图 12-23

12.1.3　创意制作胡萝卜

第三部分是将"胡萝卜"、"绿菜花"和"舞蹈鞋"图层进行组合，完成水果与蔬菜的创意制作，其操作方法与第二部分制作类似，下面予以介绍。

第1步 打开本书配套素材光盘"第12章"\"素材文件"\"广告"文件夹中的"素材5.psd"，使用【移动工具】，将图像拖动至文件中，如图 12-24 所示。

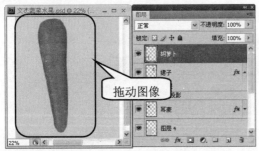

图 12-24

第2步 打开本书配套素材光盘"第12章"\"素材文件"\"广告"文件夹中的"素材6.psd"，使用【移动工具】，将图像拖动至文件中，如图 12-25 所示。

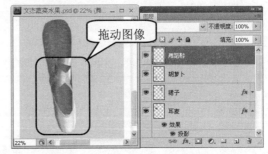

图 12-25

第3步 使用工具箱中的【多边形套索工具】，在舞鞋上半部分绘制一个不规则选区，如图 12-26 所示。

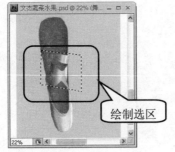

图 12-26

第4步 按<Ctrl>+<T>组合键，再按住<Ctrl>键，用鼠标拖动控制点调整图像形状，如图 12-27 所示。

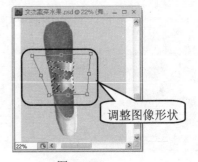

图 12-27

第5步 按<Enter>键，然后再按<Ctrl>+<D>组合键取消选区，并对"舞蹈鞋"和"胡萝卜"图层进行合并，如图12-28所示。

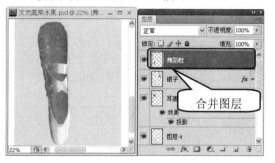

图 12-28

第7步 打开本书配套素材光盘"第12章"\"素材文件"\"广告"文件夹中的"素材7.psd"，使用【移动工具】，将图像拖动至文件中，如图12-30所示。

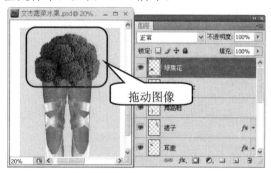

图 12-30

第9步 选中"绿菜花"、"舞蹈鞋"和"舞蹈鞋副本"图层，按<Ctrl>+<E>组合键进行组合，如图12-32所示。

图 12-32

第6步 对"舞蹈鞋"图层进行复制，并调整"舞蹈鞋"图层和"舞蹈鞋副本"图层中图像的形状，如图12-29所示。

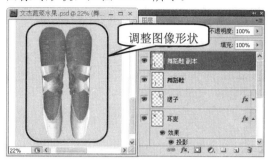

图 12-29

第8步 按<Ctrl>+<T>组合键对图像进行调整，如图12-31所示。

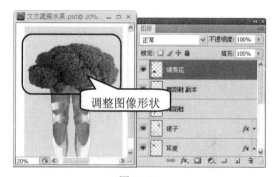

图 12-31

第10步 执行"粘贴图层样式"命令，并修改图层样式中混合模式的颜色为"蓝色"，如图12-33所示。

图 12-33

12.1.4 创意制作苹果

第四部分是使用"苹果"制作一幅具有创意的水果图像，本小节将使用【移动工具】、【色相/饱和度】命令、【椭圆选框工具】和纹理化滤镜效果等进行创作，下面予以介绍。

第1步 打开本书配套素材光盘"第12章"\ "素材文件"\"广告"文件夹中的"素材8.psd"，使用【移动工具】▶⊕，将图像拖动至文件中，如图12-34所示。

第2步 打开本书配套素材光盘"第12章"\ "素材文件"\"广告"文件夹中的"素材9.psd"，使用【移动工具】▶⊕，将图像拖动至文件中。

图 12-34

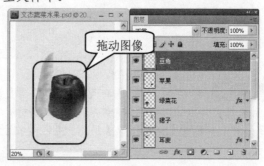

图 12-35

第3步 按<Ctrl>+<T>组合键对豆角图像进行调整，如图12-36所示。

第4步 使用【椭圆选框工具】◯在"苹果"图层上绘制选区，如图12-37所示。

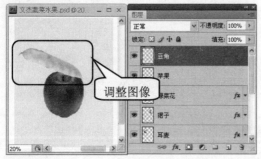

图 12-36

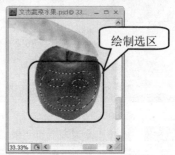

图 12-37

第5步 创建"图层5"，并填充白色，如图12-38所示。

第6步 *1.* 选择【滤镜】→【扭曲】→【球面化】菜单项，弹出【球面化】对话框，在【数量】文本框中输入数值。*2.* 单击【确定】按钮 确定 ，如图12-39所示。

图 12-38

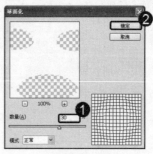

图 12-39

第7步 按<Ctrl>+<D>组合键取消选区，然后将"图层5"、"苹果"和"豆角"图层进行合并，如图 12-40 所示。

第8步 执行【粘贴图层样式】命令，并修改图层样式中混合模式的颜色为"深黄色"，如图 12-41 所示。

图 12-40

图 12-41

12.1.5 制作文字部分

完成广告图像部分的制作后，需要输入相应的文字。下面具体介绍制作商业广告文字部分的方法。

第1步 将"耳麦"与"图层1"进行合并，"裙子"和"图层2"进行合并，"绿菜花"与"图层4"进行合并，"图层5"与"图层3"进行合并，如图 12-42 所示。

第2步 *1.* 新建图层。*2.* 使用【横排文字蒙版工具】输入相应的文字，如图 12-43 所示。

图 12-42

图 12-43

第3步 在工具选项栏中单击【提交】按钮后，使用【渐变工具】，填充文字状选区，如图 12-44 所示。

第4步 按<Ctrl>+<D>组合键取消选区，完成文字的输入，如图 12-45 所示。

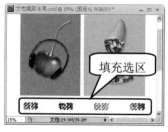

图 12-44

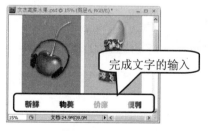

图 12-45

第5步 打开本书配套素材光盘"第12章"\
"素材文件"\"广告"文件夹中的"素材
10.psd",使用【移动工具】，将图像拖动
至文件中，如图 12-46 所示。

第6步 对"文杰"图层进行自由变换并放
置在合适位置，然后将"文杰"图层复制为
两份，并放置在合适位置。如图 12-47 所示。

图 12-46

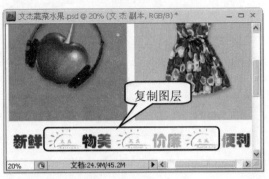

图 12-47

第7步 通过上述操作即可完成商业广告的
制作，如图 12-48 所示。

图 12-48

知识拓展

根据需要可以对"文杰蔬菜水果"
广告进行进一步设置，如将 4 幅水果图
像进行滤镜效果设置，如"动感模糊"、
"镜头光晕"和"风格化"等。

实用技巧

可以为文本设置混合模式，以突出
文字特点，如外发光、斜面浮雕等。

12.2 为黑白照片上色

在本节中将对黑白的照片进行上色处理，使之达到彩色的效果。下面具体介绍为黑白照
片上色的方法。

素材文件	实例\第 12 章\素材文件\黑白照片.jpg
效果文件	实例\第 12 章\效果文件\彩色照片.psd

12.2.1 使用钢笔工具绘制人物选区

为黑白照片上色需要使用【钢笔工具】对人物设置选区，然后逐一对勾勒的选区进行色
彩设置，下面具体介绍使用【钢笔工具】绘制人物选区的方法。

第1步 按<Ctrl>+<O>组合键，打开本书配套素材光盘"第12章"\"素材文件"文件夹中的"黑白照片.jpg"，如图12-49所示。

图 12-49

第3步 在工具箱中选择【钢笔工具】 ，并在工具选项栏中单击【路径】按钮 ，用【钢笔工具】勾画出人物的路径，如图12-51所示。

图 12-51

第5步 1. 按<Shift>+<F6>组合键执行【羽化】命令，弹出【羽化选区】对话框中，设置【羽化半径】值为5。2. 单击【确定】按钮 ，如图12-53所示。

图 12-53

第2步 按<Ctrl>+<J>组合键，新建一个复制层，将其改名为"基色"，如图12-50所示。

图 12-50

第4步 按<Ctrl>+<Enter>组合键将路径转换为选区，如图12-52所示。

图 12-52

第6步 在【调整】面板中单击【色彩平衡】图标 ，在打开的选项中，将色调值分别设置为81、-40、-90，如图12-54所示。

图 12-54

12.2.2 使用盖印图层命令调整效果

对人物的肤色进行设置后，需要使用【盖印图层】滤镜进行进一步调整，下面进行具体介绍。

第1步 将当前图像另存为"效果文件"，并保存为"彩色照片.psd"，然后选中背景图层，按<Ctrl>+<J>组合键，创建一个复制层，将其重命名为"肤色"，如图 12-55 所示。

图 12-55

第2步 选择"基色"图层，按<Alt>+<Ctrl>+<Shift>+<E>组合键盖印可见图层，将盖印图层移动到【图层】面板最顶层，并改名为"盖印-1"，如图 12-56 所示。

图 12-56

第3步 选择底色层，按<Ctrl>+<J>组合键复制该层，将所得"基色副本"图层改名为"基色-1"后，将其移动到"盖印-1"层下面，如图 12-57 所示。

图 12-57

第4步 选中"盖印-1"图层，选择【图像】→【调整】→【亮度/对比度】菜单项。**1.** 弹出【亮度/对比度】对话框，拖动【亮度】滑块。**2.** 单击【确定】按钮 确定 ，如图 12-58 所示。

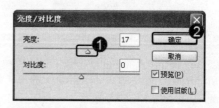

图 12-58

知识精讲

选择【窗口】→【调整】菜单项，调出【调整】面板，单击【调整】面板中的【亮度/对比度】图标，打开设置亮度/对比度的选项，通过调整【亮度】和【对比度】滑块或在【亮度】和【对比度】文本框中输入数值，也可以调整图像亮度和对比度。

12.2.3 使用蒙版修饰照片

本小节将使用蒙版工具对人物的眼睛和服装进行进一步设置。下面具体介绍使用蒙版修改人物眼睛和服饰的方法。

第1步 在【图层】面板中，选择"盖印-1"图层，并单击底部的【添加图层蒙版】按钮，以创建图层蒙版，如图 12-59 所示。

第2步 1. 将前景色设置为黑色。2. 选择【画笔】工具。3. 选择 10 像素的柔边画笔，如图 12-60 所示。

图 12-59

图 12-60

第3步 对人物的眼睛、衣服进行涂抹。在涂抹时，可以根据图像的不同区域来调节画笔的大小，可以使用【缩放工具】放大图像的显示比例，使选取的范围更准确。在涂抹时，对失误的地方可以通过【橡皮擦工具】来擦除，如图 12-61 所示。

第4步 按<Alt>+<Ctrl>+<Shift>+<E>组合键盖印可见图层，并改名为"盖印-2"，如图 12-62 所示。

图 12-61

图 12-62

第5步 选择"盖印-2"图层，选择【图像】→【调整】→【色相/饱和度】菜单项，弹出【色相/饱和度】对话框，1. 拖动【色相】滑块。2. 单击【确定】按钮，如图 12-63 所示。

第6步 通过上述操作即可对人物的眼睛和服装进行设置，如图 12-64 所示。

图 12-63

图 12-64

12.2.4 使用图层混合模式处理头发

完成人物眼睛和衣服的修饰操作后，本小节将具体介绍使用图层混合模式处理人物图的头发，下面予以介绍。

第1步 **1.** 在【图层】面板中单击【新建图层】按钮，并重命名为"头发"。**2.** 设置图层的混合模式为"叠加"，如图 12-65 所示。

第2步 在工具箱中单击【前景色】图标，
1. 弹出【拾色器】对话框，拾取一种黄色。
2. 单击【确定】按钮，如图 12-66 所示。

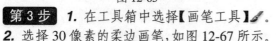

图 12-65

图 12-66

第3步 **1.** 在工具箱中选择【画笔工具】。**2.** 选择 30 像素的柔边画笔，如图 12-67 所示。

第4步 对人物的头发进行涂抹。在涂抹时，可以根据图像的不同区域来调节画笔的大小，最终效果如图 12-68 所示。

图 12-67

效果图

图 12-68

12.3 制作放射字

制作放射字主要利用文字工具、极坐标滤镜、风滤镜和着色效果，下面具体介绍制作放射字的过程。

素材文件	实例\第 12 章\素材文件\放射字.jpg
效果文件	实例\第 12 章\效果文件\放射字.psd

12.3.1 输入文字

制作放射字要求制作正方形画布，并创建黑色背景，然后输入文字。下面具体介绍输入文字的方法。

第1步 **1.** 选择【文件】→【新建】菜单项，弹出【新建】对话框，在【名称】文本框中输入画布名称。**2.** 选择【自定】列表项。**3.** 在【宽度】文本框中输入画布的宽度。**4.** 在【高度】文本框中输入画布的高度。**5.** 单击【确定】按钮[确定]，如图 12-69 所示。

图 12-69

第2步 通过上述操作即可创建一个正方形画布，12-70 所示。

图 12-70

第3步 将前景色设置为黑色，并按 <Alt>+<Delete> 组合键使用前景色填充背景，如图 12-71 所示。

图 12-71

第4步 **1.** 选择【横排文字工具】T。**2.** 设置文字的颜色为白色。**3.** 将光标定位在准备输入文字的位置，如图 12-72 所示。

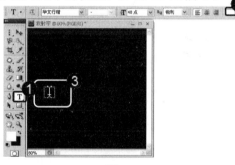

图 12-72

第5步 在绘图区域输入文字，如图 12-73 所示。

图 12-73

第6步 **1.** 选中文字。**2.** 在工具选项栏中单击【字符/段落】按钮，如图 12-74 所示。

图 12-74

第7步 *1.* 弹出【字符/段落】面板，在【字体大小】文本框中输入字体大小。*2.* 单击【加粗】按钮 T。*3.* 单击【关闭】按钮 ✕，如图 12-75 所示。

图 12-75

第8步 此时文字以"72点"、"加粗"形式显示，如图 12-76 所示。

图 12-76

第9步 使用空格键调整文字之间的距离，如图 12-77 所示。

图 12-77

第10步 在工具选项栏中单击【提交】按钮 ✓，即可完成文字的输入，如图 12-78 所示。

图 12-78

12.3.2 应用极坐标效果

在制作放射字过程中，使用【极坐标】命令可以初步设置放射字的效果。下面具体介绍使用极坐标滤镜效果设置放射字的方法。

第1步 选择【滤镜】→【扭曲】→【极坐标】菜单项，弹出提示对话框，是否栅格化文字，单击【确定】按钮 确定，如图 12-79 所示。

图 12-79

第2步 *1.* 弹出【极坐标】对话框，选中【极坐标到平面坐标】单选按钮。*2.* 单击【确定】按钮 确定，如图 12-80 所示。

图 12-80

第3步 通过上述操作，即可对文字图层应用"极坐标到平面坐标"滤镜效果，如图 12-81 所示。

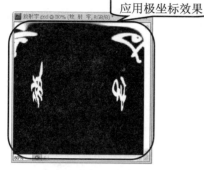

应用极坐标效果

图 12-81

12.3.3 应用风格化效果

应用风格化滤镜效果可以使文字具有放射效果，从而进一步设置放射字。下面具体介绍应用风格化效果的方法。

第1步 选择【图像】→【图像旋转】→【90 度（顺时针）】菜单项，将画布进行旋转，如图 12-82 所示。

旋转画布

图 12-82

第3步 通过上述操作即可设置风滤镜效果，如图 12-84 所示。

风滤镜

图 12-84

第2步 选择【滤镜】→【风格化】→【风】菜单项，弹出【风】对话框，单击【确定】按钮，如图 12-83 所示。

单击

图 12-83

第4步 连续多次按<Ctrl>+<F>组合键重复上一次滤镜，以增强风效果，如图 12-85 所示。

增强风效果

图 12-85

第5步 选择【图像】→【图像旋转】→【90度（逆时针）】菜单项，将画布进行旋转，如图12-86所示。

旋转画布

图 12-86

第7步 此时即可应用"平面坐标到极坐标"滤镜效果设置文字，如图12-88所示。

极坐标效果

图 12-88

第6步 **1.** 选择【滤镜】→【扭曲】→【极坐标】菜单项，弹出【极坐标】对话框，选中【平面坐标到极坐标】单选按钮。**2.** 单击【确定】按钮 ___确定___，如图12-87所示。

图 12-87

知识拓展

使用"平面坐标到极坐标"滤镜效果可以将图形向画面中心聚集形成椭圆，若想得到正圆，画面必须为正方形，文字必须从左排到右。

12.3.4　完善文字

通过以上操作可以初步观看到放射字效果，为了使放射字的效果更加美观，可以进一步完善文字的效果，如设置文字的模糊效果和斜面浮雕效果，下面予以介绍。

第1步 按<Ctrl>+<Shift>+<E>组合键合并图层，如图12-89所示。

合并图层

图 12-89

第2步 **1.** 选择【图像】→【调整】→【色相/饱和度】菜单项，弹出【色相/饱和度】对话框，调整图像的"色相"、"饱和度"和"明度"。**2.** 单击【确定】按钮 ___确定___，如图12-90所示。

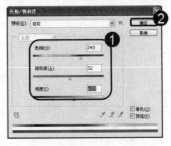

图 12-90

第3步 *1.* 选择【滤镜】→【模糊】→【径向模糊】菜单项，弹出【径向模糊】对话框，在【数量】文本框中输入准备设置的数值 *2.* 在【模糊方法】选项组中选中【缩放】单选按钮。*3.* 单击【确定】按钮 确定 ，如图 12-91 所示。

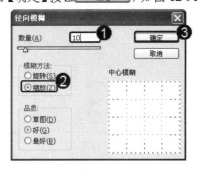

图 12-91

第5步 使用【钢笔】工具创建文字路径，如图 12-93 所示。

图 12-93

第7步 按<Ctrl>+<J>组合键将选区中的图形复制到一个新的图层，如图 12-95 所示。

图 12-95

第4步 通过上述操作即可为放射字设置径向模糊效果，如图 12-92 所示。

图 12-92

第6步 按<Ctrl>+<Enter>组合键将路径转换为选区，如图 12-94 所示。

图 12-94

第8步 *1.* 选择【图层】→【图层样式】→【斜面和浮雕】菜单项，弹出【图层样式】对话框，选择准备应用的光泽等高线。*2.* 单击【确定】按钮 确定 ，如图 12-90 所示。

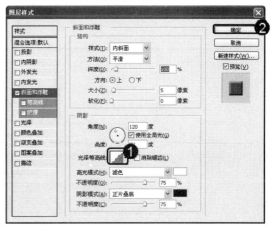

图 12-96

第9步 通过上述操作即可以浮雕效果显示放射字,如图 12-97 所示。

第10步 按<Ctrl>+<E>组合键合并可见图层即可完成放射字的制作,效果如图 12-98 所示。

图 12-97

图 12-98

 读书笔记

_____

_____

_____

_____

_____

_____

_____

_____

现代办公红宝书系列

《Excel 2007办公实战案例宝典》（1DVD）
《Office 2007办公实战案例宝典》（1DVD）
《PowerPoint 2007办公实战案例宝典》（1DVD）
《Word/Excel公司办公案例图解》（1DVD）

读 者 意 见 反 馈 表

亲爱的读者:

感谢您对中国铁道出版社的支持,您的建议是我们不断改进工作的信息来源,您的需求是我们不断开拓创新的基础。为了更好地服务读者,出版更多的精品图书,希望您能在百忙之中抽出时间填写这份意见反馈表发给我们。随书纸制表格请在填好后剪下寄到:北京市宣武区右安门西街8号中国铁道出版社计算机图书中心927室 苏茜 收 (邮编: 100054),或者采用传真 (010—63549458) 方式发送。此外,读者也可以直接通过电子邮件把意见反馈给我们,E-mail地址是:suqian@tqbooks.net。我们将选出意见中肯的热心读者,赠送本社的其他图书作为奖励。同时,我们将充分考虑您的意见和建议,并尽可能地给您满意的答复。谢谢!

- -

所购书名: _____

个人资料:

姓名: _____ 性别: _____ 年龄: _____ 文化程度: _____

职业: _____ 电话: _____ E—mail: _____

通信地址: _____ 邮编: _____

您是如何得知本书的:

□书店宣传 □网络宣传 □展会促销 □出版社图书目录 □论坛 □杂志、报纸等的介绍 □别人推荐
□其他(请指明)_____

您从何处得到本书的:

□书店 □邮购 □商场、超市等卖场 □图书销售的网站 □学校 □其他

影响您购买本书的因素 (可多选):

□内容实用 □价格合理 □装帧设计精美 □优惠促销 □书评广告 □出版社知名度 □作者名气
□娱乐需要 □其他

您对本书封面设计的满意程度:

□很满意 □比较满意 □一般 □不满意 □改进建议

您对本书的总体满意程度:

从文字的角度 □很满意 □比较满意 □一般 □不满意
从内容的角度 □很满意 □比较满意 □一般 □不满意

您希望书中图的比例是多少:

□少量的图片辅以大量的文字 □图文比例相当 □大量的图片辅以少量的文字

您希望本书的定价是多少:

本书最令您满意的是:

1.
2.

您在使用本书时遇到哪些困难:

1.

2.

您希望本书在哪些方面进行改进:

1.

2.

您需要购买哪些方面的图书? 对我社现有图书有什么好的建议?

您更喜欢阅读哪些类型和层次的计算机书籍 (可多选)?

□入门类 □精通类 □综合类 □问答类 □图解类 □查询手册类 □实例教程类

您在使用攻略类图书的过程中遇到哪些困难?

您的其他要求: